CONTEMPLAÇÃO

E

O FOGUISTA

Obras de Franz Kafka:

Descrição de uma luta (1904)
Preparativos para um casamento no campo (1907)
Contemplação (1912)
O desaparecido (*ex America*) (1912)
O foguista (1912)
O veredicto (1912)
A metamorfose (1912)
O processo (1914)
Na colônia penal (1914)
Narrativas do espólio [coletânea elaborada por Modesto Carone] (1914-24)
Carta ao pai (1919)
Um médico rural (1919)
O castelo (1922)
Um artista da fome (1922-4)
A construção (1923)

A Companhia das Letras iniciou, em 1997, a publicação das obras completas de Franz Kafka, com tradução de Modesto Carone.

FRANZ KAFKA

CONTEMPLAÇÃO E O FOGUISTA

Tradução e posfácio:
MODESTO CARONE

4ª reimpressão

COMPANHIA DAS LETRAS

*Grafia atualizada segundo o Acordo Ortográfico
da Língua Portuguesa de 1990,
que entrou em vigor no Brasil em 2009.*

Título original
Betrachtung e Der Heizer

Capa
Hélio de Almeida
sobre desenhos de
Amilcar de Castro

Preparação
Cássio de Arantes Leite

Revisão
Ana Maria Barbosa
Carmen S. da Costa

Atualização ortográfica
Verba Editorial

Dados Internacionais de Catalogação na Publicação (CIP)
(Câmara Brasileira do Livro, SP, Brasil)

Kafka, Franz, 1883-1924.
Contemplação ; e O foguista / Franz Kafka ; tradução e posfácio Modesto Carone. — 1ª ed. — São Paulo : Companhia das Letras, 1999.

Título original: Betrachtung ; e Der Heizer.
ISBN 978-85-7164-958-3

1. Romance alemão — Escritores tchecos I. Carone, Modesto, 1937. II. Título. III. Título: O foguista.

98-4746 CDD-891.8635

Índices para catálogo sistemático:
1. Romance : Século 20 : Literatura tcheca em alemão 891.8635
2. Século 20: Romances : Literatura tcheca em alemão 891.8635

2021

EDITORA SCHWARCZ S.A.
Rua Bandeira Paulista, 702, cj. 32
04532-002 — São Paulo — SP
Telefone: (11) 3707-3500
www.companhiadasletras.com.br
www.blogdacompanhia.com.br
facebook.com/companhiadasletras
instagram.com/companhiadasletras
twitter.com/cialetras

SUMÁRIO

CONTEMPLAÇÃO

CRIANÇAS NA RUA PRINCIPAL

Eu ouvia as carroças passarem diante da grade do jardim, às vezes também as via pelas frestas da folhagem que se movia de leve. Como estalava no verão quente a madeira dos raios das rodas e dos varais dos carros! Os trabalhadores chegavam dos campos e riam que era uma vergonha.

Estava sentado no nosso pequeno balanço, acabava de descansar entre as árvores no jardim dos meus pais.

Diante da grade o movimento não parava. Crianças em passo acelerado surgiam e sumiam no mesmo instante; carros de trigo com homens e mulheres sobre os feixes e em toda a volta os canteiros de flores ensombrecidos; perto do anoitecer vi um senhor ir passear lentamente com uma bengala e algumas jovens que vinham de braços dados em direção contrária se desviaram para a grama do lado, cumprimentando.

Depois os pássaros ergueram voo como se fossem um chuvisco, eu os acompanhei com o olhar, vi como subiram num fôlego até não acreditar mais que eles subiam, mas sim que eu estava caindo e, segurando firme nas cordas, comecei a balançar um pouco, de fraqueza. Em breve balançava mais forte quando o sopro de ar ficou mais fresco e em lugar dos pássaros em voo apareceram as estrelas trêmulas.

Serviram-me o jantar à luz da vela. Muitas vezes estive com os dois braços sobre o tampo de madeira e já cansado mordi meu pão com manteiga. As cortinas fortemente vazadas inflavam ao vento morno e às vezes alguém que passava fora as prendia nas mãos quando queria falar comigo. Em geral a vela se apagava logo e na escura fumaça ainda circulavam algum tempo os enxames de moscas. Se da janela alguém me fazia uma pergunta, eu olhava como se fosse para as montanhas ou simplesmente para o ar e ele também não se mostrava muito interessado numa resposta.

Se depois um deles saltava sobre o parapeito da janela e anunciava que os outros já estavam em frente à casa, eu naturalmente me levantava suspirando.

— Por que está suspirando tanto? O que foi que aconteceu? Uma infelicidade especial, para sempre irreparável? Não podemos nunca nos recuperar dela? Está tudo realmente perdido?

Nada estava perdido. Corremos em frente à casa. "Graças a Deus, finalmente vocês estão aqui!" — "Você sempre chega atrasado!" — "Atrasado, eu?" — "Você mesmo, fique em casa, se é o que está querendo:" — "Não quero concessões:" — "O quê? Concessões? Que maneira de falar é essa?"

Trespassamos o anoitecer com a cabeça. Não havia hora do dia e da noite. Ora os botões dos nossos coletes esfregavam uns nos outros como dentes, ora corríamos numa distância estável, o fogo na boca, como animais nos trópicos. Como soldados de couraça nas guerras antigas, batendo os pés e saltando alto, impelimos uns aos outros pela curta ruela abaixo e com esse embalo nas pernas continuamos subindo a rua principal. Alguns entraram na valeta da rua, mal desapareceram diante do talude escuro já estavam em cima, no caminho do campo, como pessoas estranhas olhando para baixo. "Desçam!" — "Subam primeiro!" — "Para nos atirarem aqui embaixo? Estão pensando que nós somos tão bobos assim?" — "Tão covardes assim, é o que estão querendo dizer. Venham, venham!" — "É mesmo? Vocês, logo vocês, vão nos atirar para baixo? Não se enxergam?"

Atacamos, levamos golpes no peito, caímos voluntariamente na grama da valeta. Estava tudo igualmente aquecido, não sentíamos nem calor nem frio na grama, ficávamos apenas cansados.

Virando-se para o lado direito, a mão sob a orelha, dava vontade de dormir. Mas o que na verdade se queria era erguer-se de novo, o queixo levantado, para no entanto se cair outra vez numa valeta mais funda. Depois, o braço projetado de través, as pernas oblíquas, queríamos nos lançar contra o vento e com certeza cair novamente num fosso mais fundo ainda. E não se queria de modo algum parar com isso.

Como na última valeta seria possível estirar-se ao máximo, sobretudo os joelhos — nisso ainda mal se pensava e ficava-se deitado de costas, como um doente, propenso a chorar. Piscava-se quando um jovem, as mãos nos quadris, pulava do talude para a rua, sobre nós, com as solas escuras.

Já se via a lua a uma certa altura, um carro do correio passava na sua luz. Por toda parte erguia-se um vento fraco, nós o sentíamos até na valeta, e nas proximidades a floresta começava a rumorejar.

"Onde vocês estão?" — "Venham para cá!" — "Todos juntos!" — "Por que você está se escondendo, deixe de bobagem!" — "Não sabem que o correio já passou?" — "Não é possível, já passou?" — "Naturalmente, passou enquanto você dormia." — "Dormia, eu? Ora essa!" — "Fique quieto, ainda se vê que você estava dormindo." — "Faça o favor de parar com isso." — "Venham!"

Corremos juntos, mais perto uns dos outros, alguns estenderam as mãos aos demais, não se podia manter a cabeça suficientemente alta porque o caminho era uma descida. Alguém deu um brado de guerra de índio, sentimos nas pernas um galope forte como nunca, nos saltos o vento nos suspendia pelos quadris. Nada poderia nos deter; estávamos numa corrida tal que mesmo na hora de ultrapassar éramos capazes de cruzar os braços e olhar calmamente em volta.

Estacamos na ponte da torrente; os que tinham corrido à frente voltaram. Embaixo a água batia nas pedras e raízes como se já não fosse tarde da noite. Não havia motivo para que alguém não se atirasse por cima do parapeito.

Detrás da mata, à distância, saiu um trem de ferro, todos os vagões iluminados, as janelas de vidro sem dúvida descidas.

Um de nós começou a cantar uma cantiga de rua, mas todos nós queríamos cantar. Cantamos muito mais rápido do que o trem corria, balançávamos os braços porque a voz não bastava, formamos com as nossas vozes uma confusão na qual nos sentíamos bem. Quando se mistura a própria voz com outras fica-se preso como que por um anzol.

Assim cantamos, a floresta às nossas costas, nos ouvidos dos longínquos viajantes. Na aldeia os adultos ainda estavam acordados, as mães preparando as camas para a noite.

Já era hora. Beijei quem estava a meu lado, aos três próximos apenas estendi as mãos, comecei a fazer o caminho de volta correndo, ninguém me chamou. No primeiro cruzamento, onde eles não podiam mais me ver, dobrei a esquina e corri outra vez pelas trilhas do campo para a floresta. Eu queria ir para a cidade do sul da qual se diz em nossa aldeia:

"Lá existem pessoas — imaginem! — que não dormem!"

"E por que não?"

"Porque não ficam cansadas:"

"E por que não?"

"Porque são loucas."

"Então os loucos não ficam cansados?"

"Como é que os loucos poderiam ficar cansados?"

DESMASCARAMENTO DE UM TRAPACEIRO

Finalmente, cerca de dez horas da noite, em companhia de um homem que eu já conhecia antes, mas só de passagem, e que dessa vez se juntara a mim de repente e durante duas horas me fizera dar voltas pelas ruas, cheguei diante da casa senhorial à qual tinha sido convidado para uma reunião.

— Muito bem — disse eu, batendo palmas em sinal da necessidade absoluta de uma despedida.

Já havia feito algumas tentativas menos claras nesse sentido. Estava completamente cansado.

— Vai subir já? — perguntou ele.

Ouvi em sua boca um ruído semelhante ao de dentes batendo uns contra os outros.

— Sim.

Eu tinha sido de fato convidado — isso eu lhe disse logo. Mas convidado para subir lá onde já estaria com o maior prazer, e não para permanecer aqui em baixo, diante do portão, olhando rente às orelhas de quem se postava à minha frente. E ainda mais para agora ficar mudo com ele, como se tivéssemos decidido fazer uma longa estada neste lugar. Começaram logo a participar desse silêncio as casas em torno e a escuridão sobre elas até as estrelas. E os passos de pedestres invisíveis, cujos caminhos não havia vontade de adivinhar, o vento que se espremia sem cessar no lado oposto da rua, um gramofone que cantava de encontro às janelas fechadas de algum quarto — todos faziam-se escutar a partir desse silêncio, como se desde sempre e para sempre ele fosse sua propriedade.

E meu acompanhante se adaptava em seu próprio nome e — após um sorriso — em meu nome também, esticando para o alto, ao longo do muro, o braço direito, reclinando nele o rosto, os olhos cerrados.

Mas esse sorriso eu já não enxerguei até o fim, pois a vergonha me fez virar de repente. Só nesse sorriso, portanto, eu havia reconhecido que ele era um trapaceiro e nada mais. E no entanto eu já estava nesta cidade fazia meses, julgara conhecer a fundo esses embusteiros — como eles à noite vêm das travessas ao nosso encontro, os braços estendidos de donos de hospedaria, como eles se colam à coluna de cartazes perto da qual estamos, à maneira de um jogo de esconde-esconde, e emergem por trás dela espionando no mínimo com um olho; o modo como eles, nos cruzamentos de rua, quando ficamos receosos, de súbito pairam diante de nós sobre a quina da nossa calçada!

Eu os compreendia tão bem, na verdade eles tinham sido meus primeiros conhecidos da cidade, em pequenas tavernas; a eles devia o primeiro relance de uma intransigência que agora eu podia abstrair tão pouco da terra que já começava a senti-la em mim. Como eles prosseguiam à nossa frente mesmo quando se havia fugido deles fazia muito, muito tempo, quando portanto fazia muito tempo que não existia mais nada para fisgar! Como eles não se sentavam, como não caíam, mas fitavam com olhares que, embora a distância, continuavam a convencer! E seus meios eram sempre os mesmos: plantavam-se à nossa frente da maneira mais ampla possível, buscavam nos impedir de chegar aonde pretendíamos e como compensação nos preparavam uma morada no seu peito; e, se no final se encapelava em nós o sentimento acumulado, eles o tomavam por abraço ao qual se atiravam, o rosto à frente.

E esses velhos truques dessa vez eu só reconheci depois de um longo contato. Esfreguei com força as pontas dos dedos umas nas outras para varrer de mim o vexame.

Mas aqui o homem se inclinava como antes, ainda se considerava capaz de um golpe e a satisfação com o próprio destino lhe avermelhava a face livre.

— Pego em flagrante! — eu disse, batendo-lhe de leve no ombro.

Depois subi correndo a escada e na antessala lá em cima os rostos fiéis, tão sem fundamento, dos criados me alegraram como uma bela surpresa. Olhei para todos, um após o outro, enquanto eles me despiam o casaco e tiravam o pó das minhas botas. Respirando fundo, o corpo aprumado, entrei então na sala.

O PASSEIO REPENTINO

Quando à noite parece ter-se tomado a decisão definitiva de permanecer em casa, vestiu-se o roupão, depois do jantar ficou-se sentado à mesa iluminada, às voltas com aquele trabalho ou jogo ao término do qual habitualmente se vai dormir, quando lá fora há um tempo inamistoso que torna natural permanecer em casa, quando já se passou tanto tempo quieto à mesa que ir embora teria de provocar espanto geral, quando até as escadas já estão escuras e a porta do prédio fechada, e quando apesar disso tudo, num mal-estar repentino, fica-se em pé, troca-se o roupão, surge-se imediatamente vestido para ir à rua, se esclarece que é preciso sair, faz-se isso depois de breve despedida, acreditando-se ter deixado maior ou menor irritação conforme a rapidez com que se bate a porta do apartamento, quando se está de novo na rua com membros que respondem com uma mobilidade especial a essa liberdade já inesperada que lhes foi conseguida, quando se sente, através dessa decisão, concentrada em si mesmo toda a capacidade de decidir, quando se reconhece com um senso maior que o comum que se tem mais energia do que necessidade de produzir e suportar a mais rápida das mudanças, e quando assim se vai às pressas pelas longas ruas — então por essa noite está-se totalmente desligado da família, que desvia de rumo para o essencial enquanto, firme de alto a baixo, os contornos com as linhas carregadas, dando tapas na parte traseira das coxas, ascende-se à sua verdadeira estatura.

Tudo fica mais reforçado quando, a essa hora tardia da noite, se procura um amigo para ver como ele vai.

DECISÕES

Mesmo com deliberada energia deve ser fácil levantar-se de um estado miserável. Arranco-me da cadeira, ando às pressas em torno da mesa, ponho em movimento a cabeça e o pescoço, injeto fogo nos olhos, distendo os músculos ao seu redor. Trabalho contra qualquer sentimento, saúdo A. impetuosamente se ele vier agora, tolero B. amistosamente no meu quarto e, a despeito da dor e do esforço, em casa de C. engulo tudo o que é dito em tragos largos.

Mas ainda que seja assim, a cada erro, que não pode faltar, tudo — o fácil e o difícil — vai ficar paralisado e eu precisarei girar e voltar ao ponto de partida.

Por isso o mais aconselhável de fato é aceitar tudo, comportar-se como massa inerte e no caso de se sentir atirado longe por um sopro, não se deixar seduzir por nenhum passo desnecessário, fitar o outro com olhos de animal, não sentir remorso, em suma: esmagar com a própria mão tudo o que na vida ainda resta de espectro, ou seja, aumentar a última calma sepulcral e não permitir que mais nada exista fora dela.

Um movimento característico desse estado é passar o dedo mínimo por cima das sobrancelhas.

EXCURSÃO ÀS MONTANHAS

"Eu não sei", gritei sem som, "realmente não sei. Se ninguém vem, então é porque de fato não vem ninguém. Não fiz nenhum mal a ninguém, ninguém me fez mal algum, mas ninguém quer me ajudar. Ninguém, ninguém. Mas na verdade não é assim. Só que ninguém me ajuda — caso contrário, nada senão ninguém seria muito bom. Com o maior prazer eu faria — por que não? — uma excursão em companhia de absolutamente ninguém. É claro que para as montanhas, onde mais? Como se apinham esses ninguéns — esses numerosos braços estendidos e entrelaçados na transversal, esses numerosos pés separados por passos minúsculos! Compreende-se que todos estejam de fraque. Vamos tão leves, o vento atravessa as fendas que nós e os nossos membros deixam abertas. Nas montanhas os pescoços se libertam. É um milagre que não cantemos."

A INFELICIDADE DO CELIBATÁRIO

Parece tão ruim permanecer solteiro e já velho pedir acolhida — mantendo com dificuldade a própria dignidade — quando se quer passar uma noite em companhia das pessoas, estar doente e do canto da sua cama fitar semanas a fio o quarto vazio, despedir-se sempre na porta do prédio, nunca abrir caminho para o alto da escada ao lado da esposa, ter no quarto apenas portas laterais que dão para apartamentos de estranhos, trazer numa das mãos o jantar para casa, ter de admirar os filhos alheios e não poder continuar repetindo "não tenho nenhum", tomar por modelo, no aspecto físico e no comportamento, um ou dois celibatários das lembranças de juventude.

Assim vai ser, só que na realidade, hoje como mais tarde, ali estará o mesmo de sempre, com um corpo e uma cabeça real — ou seja, com uma testa também — para bater nela com a mão.

O COMERCIANTE

É possível que algumas pessoas tenham compaixão de mim, mas eu não percebo nada. Minha pequena loja me enche de preocupações que me doem dentro da fronte e das têmporas, mas sem me oferecer a perspectiva da satisfação, pois a loja é pequena.

Com antecipação de horas preciso tomar providências, manter alerta a memória do empregado, advertir contra erros que eu temo e levar em conta, numa temporada, as modas da seguinte, não como elas irão dominar entre as pessoas do meu círculo, mas entre as populações inacessíveis do campo.

Meu dinheiro está nas mãos de pessoas estranhas; a situação delas não pode ser clara para mim; o infortúnio que poderia atingi-las eu não sou capaz de pressentir; como é que poderia evitá-lo? Talvez elas tenham se tornado pródigas e deem uma festa no jardim de um restaurante e outras ainda permaneçam um pouco na festa, na sua rota de fuga para a América.

Quando pois ao anoitecer de um dia útil a loja é fechada e de repente vejo diante de mim horas nas quais não poderei trabalhar em nome das necessidades ininterruptas da minha loja, minha excitação —

despachada de manhã, previamente, para, bem longe — irrompe em mim como a maré que retorna, mas não se detém e me arrasta consigo sem objetivo.

No entanto não tenho de modo algum a capacidade de usar esse humor e só posso ir para casa, pois tenho o rosto e as mãos sujos e suados, a roupa coberta de nódoas e pó, o boné de servido na cabeça e as botas arranhadas pelos pregos dos caixotes. Caminho então como sobre ondas, estalo os dedos das duas mãos e acaricio o cabelo das crianças que vêm em minha direção.

Mas o caminho é curto demais. Logo estou em minha casa, abro a porta do elevador e entro.

Vejo agora que de repente estou só. Outros, que têm de subir pelas escadas, cansam-se um pouco ao fazê-lo, precisam esperar com os pulmões respirando às pressas, até que venham abrir a porta do apartamento, nesse momento eles têm um motivo para irritação e impaciência, entram então na antessala, onde penduram o chapéu e só quando atravessam o corredor, ao longo de algumas portas de vidro, e penetram no próprio quarto, é que estão sozinhos.

Mas estou só logo no elevador e apoiado nos joelhos olho para o estreito espelho. Quando o elevador começa a subir eu digo:

— Fiquem quietos, recuem, querem entrar na sombra das árvores, atrás dos cortinados das janelas, dentro do caramanchão?

Falo com os dentes e os corrimãos da escada escorregam pelas placas de vidro leitoso como água que se precipita.

— Partam voando daqui; que as asas que eu nunca

enxerguei os transportem para o vale da aldeia ou a Paris, se o impulso é para lá. Mas desfrutem a vista da janela quando das três ruas chegam as procissões que não se desviam umas das outras, se embaralham e deixam o espaço livre outra vez entre as últimas filas. Acenem com os lenços, fiquem horrorizados, comovidos, e elogiem a bela senhora que passa. Atravessem o riacho pela ponte de madeira, acenem com a cabeça aos meninos que se banham e espantem-se com o hurra! dos mil marinheiros no navio de guerra distante. Persigam o homem insignificante e quando o tiverem atirado num vão de estrada, assaltem-no e vejam, cada qual com as mãos nos bolsos, como ele segue triste pela rua da esquerda. Galopando dispersa nos seus cavalos, a polícia refreia os animais e os força a recuar. Deixem-na, as ruas vazias a farão infeliz, eu sei. O que foi que eu disse? — já estão cavalgando aos pares, lentos nas esquinas e à toda nas praças.

Aí tenho de descer do elevador e mandá-lo de volta para baixo, tocar a campainha, e a empregada abre a porta enquanto eu cumprimento.

OLHAR DISTRAÍDO PARA FORA

O que vamos fazer nestes dias de primavera que agora chegam rápido? Hoje cedo o céu estava cinzento, mas indo-se agora à janela fica-se surpreso e se apoia a maçã do rosto no trinco.

Lá embaixo vê-se a luz do sol certamente já declinante no rosto infantil da jovem que caminha e olha em volta e ao mesmo tempo se vê sobre ele a sombra do homem que atrás dela anda mais depressa.

Então o homem já passou e o rosto da menina está completamente iluminado.

O CAMINHO PARA CASA

Veja-se a força de persuasão do ar depois do temporal! Meus méritos aparecem e me arrebatam mesmo que eu não me oponha.

Eu marcho e meu ritmo é o ritmo deste lado da rua, desta rua, deste quarteirão. Sou responsável, com razão, por todas as batidas nas portas, nos tampos das mesas, por todos os brindes, pelos pares amorosos nas suas camas, nos andaimes das novas construções, nas ruas escuras onde eles se apertam de encontro aos muros das casas, nos canapés dos bordéis.

Avalio meu passado diante do meu futuro, mas considero ambos excelentes, não posso dar preferência a nenhum deles e tenho apenas de censurar a injustiça da providência que tanto me favorece.

Só quando entro no meu quarto estou um pouco pensativo, mas sem que tenha encontrado alguma coisa digna de ser pensada ao subir as escadas. Não me ajuda muito que eu abra completamente a janela e que num jardim ainda toque música.

OS QUE PASSAM POR NÓS CORRENDO

Quando se vai passear à noite por uma rua e um homem já visível de longe — pois a rua sobe à nossa frente e faz lua cheia — corre em nossa direção, nós não vamos agarrá-lo mesmo que ele seja fraco e esfarrapado, mesmo que alguém corra atrás dele gritando, mas vamos deixar que continue correndo.

Pois é noite e não podemos fazer nada se a rua se eleva à nossa frente na lua cheia e além disso talvez esses dois tenham organizado a perseguição para se divertir, talvez ambos persigam um terceiro, talvez o primeiro seja perseguido inocentemente, talvez o segundo queira matar e nós nos tornássemos cúmplices do crime, talvez os dois não saibam nada um do outro e cada um só corra por conta própria para sua cama, talvez sejam sonâmbulos, talvez o primeiro esteja armado.

E finalmente — não temos o direito de estar cansados, não bebemos tanto vinho? Estamos contentes por não ver mais nem o segundo homem.

O PASSAGEIRO

Estou em pé na plataforma do bonde e totalmente inseguro em relação à minha posição neste mundo, nesta cidade, na minha família. Nem de passagem eu seria capaz de apontar as reivindicações que poderia fazer, com direito, na direção que fosse. Não posso de modo algum sustentar que estou nesta plataforma, que me seguro nesta alça, que me deixo transportar por este bonde, que as pessoas se desviam dele ou andam calmamente ou param diante das vitrines. É claro que ninguém exige isso de mim, mas dá no mesmo.

O bonde se aproxima de uma parada, uma jovem se coloca perto dos degraus pronta para descer. Aparece tão nítida para mim que é como se eu a tivesse apalpado. Está vestida de preto, as pregas da saia quase não se movem, a blusa é justa e tem uma gola de renda branca fina, ela mantém a mão esquerda espalmada na parede do bonde e a sombrinha da mão direita se apoia no penúltimo degrau mais alto. Seu rosto é moreno, o nariz levemente amassado dos lados termina redondo e largo. Tem cabelos castanhos fartos e pelinhos esvoaçando na têmpora direita. Sua orelha pequena é bem ajustada, mas por estar próximo eu vejo toda a parte de trás da concha direita e a sombra da base.

Naquela ocasião eu me perguntei: como é que ela não está espantada consigo mesma, conserva a boca fechada e não diz coisas desse tipo?

ROUPAS

Muitas vezes quando vejo roupas com múltiplas pregas, babados e pingentes que se aplicam de maneira bonita sobre corpos belos, penso que elas não vão se conservar assim por muito tempo, mas ganhar dobras que não se pode mais alisar direito, recolher pó que, infiltrado nos ornamentos, não é mais possível tirar e que ninguém vai querer se tornar tão triste e ridículo a ponto de vestir todos os dias a mesma roupa preciosa pela manhã e despi-la à noite.

Vejo porém moças que são sem dúvida bonitas e ostentam músculos e ossinhos múltiplos e encantadores, pele esticada e massas de cabelo fino e que no entanto aparecem diariamente nessa fantasia natural, põem sempre o mesmo rosto nas mesmas palmas das mãos e o fazem refletir-se no seu espelho.

Mas às vezes à noite, quando elas chegam tarde de uma festa, no espelho ele lhes parece gasto, intumescido, empoeirado, já visto por todos e quase impossível de ser usado de novo.

A RECUSA

Quando eu encontro uma bela moça e lhe peço: "Por favor, venha comigo", e ela passa muda por mim, então com isso ela quer dizer:

"Você não é um duque de nome altissonante nem um vasto americano com porte de índio, olhos que pousam em sentido horizontal, a pele curtida pelo ar das pradarias e dos rios que as atravessam, você não fez viagens aos Grandes Lagos nem cruzou as suas águas, que eu não sei onde é que ficam. Pergunto então por que uma bela moça como eu deve ir com você?"

"Você se esquece que nenhuma limusine a transporta, balançando em longos impulsos pela rua; não vejo os senhores do seu séquito, apertados nas roupas, que lhe vão sussurrando bênçãos num exato semicírculo atrás de você; seus seios estão bem dispostos no corpete, mas as coxas e os quadris depois descontam por essa contenção; você está usando um vestido de tafetá com dobras plissadas, como tanto nos alegrou a todos no outono passado, e no entanto por momentos sorri — esse perigo de vida no corpo."

"Sim, nós dois temos razão e, para não ficarmos conscientes disso de uma maneira irrefutável, é preferível — não é verdade? — que cada um vá para casa sozinho."

PARA A MEDITAÇÃO DE GRÃO-CAVALEIROS

Nada, pensando bem, pode induzir alguém a querer ser o primeiro numa corrida.

A glória de ser reconhecido como o melhor cavaleiro de um país é um prazer forte demais — no momento em que a orquestra dispara — para que na manhã seguinte seja possível evitar o remorso.

A inveja dos adversários, gente mais astuta, bem mais influente, tem de nos doer na estreita ala através da qual agora cavalgamos depois daquela planície que pouco antes estava vazia à nossa frente, com exceção de alguns cavaleiros arredondados que faziam carga, pequenos, contra a fímbria, do horizonte.

Muitos dos nossos amigos correm para retirar o prêmio e só por cima dos ombros é que nos gritam dos guichês distantes o seu hurra!; mas os melhores amigos não apostaram em nosso cavalo, temendo que, em caso de perda, tivessem de ficar zangados conosco; agora porém que o nosso cavalo foi o primeiro e eles não ganharam nada, dão-nos as costas quando passamos e preferem olhar ao longo das tribunas.

Firmes nas selas, os concorrentes atrás de nós procuram avaliar a desgraça que os atingiu e a injustiça que de algum modo lhes foi infligida; assumem um ar bem-disposto como se fosse preciso iniciar uma nova corrida, agora séria, depois desta brincadeira de criança.

Para muitas damas o vencedor parece ridículo, porque ele se enfatua e no entanto não sabe o que fazer com os eternos apertos de mão, continências, mesuras e cumprimentos a distância, enquanto os vencidos mantêm a boca fechada e, absortos, dão palmadas nos pescoços dos seus cavalos, que na maioria relincham.

Finalmente do céu que ficou turvo começa a chover.

A JANELA DA RUA

Quem vive isolado e gostaria de vez em quando de estabelecer contato em algum lugar, quem quer ver, sem mais, um braço qualquer no qual possa se apoiar, levando em consideração as mudanças das horas do dia, das condições climáticas, das relações profissionais e coisas dessa natureza — esse não vai levar isso adiante por muito tempo sem uma janela de rua. E se o seu estado é tal que ele não procura absolutamente nada e apenas como homem cansado — os olhos para cima e para baixo, entre as pessoas e o céu — chega perto do parapeito, não quer olhar para fora e inclina a cabeça um pouco para trás, então certamente os cavalos lá embaixo o arrastam no seu cortejo de carruagens e rumor e com isso, finalmente, ao encontro da concórdia humana.

DESEJO DE SE TORNAR ÍNDIO

Se realmente se fosse um índio, desde logo alerta e em cima do cavalo na corrida, enviesado no ar, se estremecesse sempre por um átimo sobre o chão trepidante, até que se largou a espora, pois não havia espora, até que se jogou fora a rédea, pois não havia rédea, e diante de si mal se viu o campo como pradaria ceifada rente, já sem pescoço de cavalo nem cabeça de cavalo.

AS ÁRVORES

Pois somos como troncos de árvores na neve. Aparentemente eles jazem soltos na superfície e com um pequeno empurrão deveria ser possível afastá-los do caminho. Não, não é possível, pois estão firmemente ligados ao solo. Mas veja, até isso é só aparente.

SER INFELIZ

Quando já havia ficado insuportável — perto do anoitecer, uma vez em novembro — e eu corria pelo tapete estreito como se fosse numa pista de cavalos, e assustado com a visão da rua iluminada dava outra vez a volta e na profundidade do quarto encontrava de novo, no fundo do espelho, um alvo recente e gritava só para ouvir o grito, ao qual nada responde e ao qual também nada retira a força do grito, que portanto ascende sem contrapeso e não pode parar mesmo quando emudece — aí então abriu-se na parede a porta, tão rápido assim porque a pressa era necessária e até os cavalos de tração lá embaixo empinavam no pavimento como animais que, as gargantas expostas, se enfurecem na batalha.

Semelhante a um pequeno espectro, uma criança saiu do corredor totalmente escuro no qual a lâmpada ainda não estava acesa e permaneceu nas pontas dos pés sobre uma tábua do assoalho que balançava imperceptivelmente. Logo ofuscada pelo crepúsculo do quarto ela quis tapar o rosto com as mãos, mas se acalmou de repente ao fitar a janela diante de cuja cruz finalmente se imobilizava o vapor lançado ao alto pela iluminação de rua. Com o cotovelo direito apoiado na parede do quarto ela se mantinha ereta diante da porta aberta e deixava a corrente de ar deslizar ao longo das articulações dos pés, do pescoço e também das têmporas.

Olhei um pouco naquela direção, depois disse "boa tarde" e tirei meu paletó da grade da lareira, porque não queria ficar ali meio nu. Por um instante conservei a boca aberta para que a comoção me deixasse pela boca. Tinha a saliva grossa, no rosto tremiam-me os cílios, em suma não me faltava nada senão essa visita que no entanto era esperada.

A criança ainda continuou no mesmo lugar, conservava a mão direita apertada contra a parede e, as faces inteiramente vermelhas, não se cansava de ver que a parede pintada de branco era asperamente granulada e raspava nela a ponta dos dedos. Eu disse:

— Quer realmente vir à minha casa? Não é um engano? Nada mais fácil que um engano num prédio tão grande. Eu me chamo Fulano de Tal, moro no terceiro andar. Sou mesmo aquele a quem quer visitar?

— Calma, calma — disse a criança por cima do ombro. — Está tudo certo.

— Então entre mais no quarto, eu gostaria de fechar a porta.

— Fechei a porta agora mesmo. Não se dê ao trabalho. O importante é que se acalme.

— Não fale em trabalho. Mas neste corredor mora uma porção de gente, naturalmente são todos meus conhecidos; a maioria chega agora das lojas; se ouvem alguém falando num quarto, simplesmente julgam ter o direito de abrir a porta para ver o que está acontecendo. Assim são as coisas. Essas pessoas já deixaram para trás o trabalho do dia; a quem se submeteriam, na liberdade provisória do anoitecer? Aliás, Você também sabe disso. Deixe-me fechar a porta.

— Mas o que é isso? O que há com você? Por mim o prédio inteiro pode entrar. Além do mais, repito: já fechei a porta, julga que só você pode fechar a porta? Já fechei até à chave.

— Então está bem. Mais eu não quero. Nem precisava fechar à chave. E agora fique à vontade, já que está aqui. Você é hospede. Confie plenamente em mim. Acomode-se sem medo. Não vou forçar que fique nem que vá embora. Preciso dizer isso? Conhece-me tão mal?

— Não. Realmente não precisava dizer isso. Sou uma criança; por que tanta cerimônia comigo?

— Não é nada grave. Naturalmente, uma criança. Mas não tão pequena. Já está bem crescida. Se você fosse uma jovem, simplesmente não poderia ficar fechada num quarto comigo.

— Quanto a isso não temos de nos preocupar. Eu só queria dizer que o fato de conhecê-lo tão bem me protege pouco — apenas o alivia de me falar alguma mentira. Mas ainda assim me faz elogios. Deixe disso, eu lhe peço, deixe disso. De mais a mais eu não o conheço em tudo e por todos os ângulos, especialmente nesta escuridão. Seria melhor que acendesse a luz. Não, é melhor não. De qualquer maneira vou registrar que já me ameaçou.

— Como? Eu ameacei? Mas por favor! Estou muito contente por você estar finalmente aqui. Digo "finalmente" porque já é tão tarde. É incompreensível que você tenha vindo tão tarde. Mas é possível que na alegria eu tenha me atrapalhado tanto ao falar, que você me entendeu exatamente desse modo. Admito dez vezes que falei assim — sim, ameacei de tudo o que você quiser. — Não, nada de discussão, pelo amar de Deus. — Mas como pôde acreditar nisso? Como pôde me magoar tanto? Por que estragar à força este pequeno instante de sua presença aqui? Um estranho seria mais amável que você.

— Creio que sim; não foi uma revelação. Por minha própria natureza estou tão próximo a você quanto um estranho pode ser amável. Você também sabe disso, por que a tristeza, então? Diga que está querendo fazer comédia que eu vou embora neste instante.

— Atreve-se a dizer isso também? É um pouco ousado demais. Afinal você está no meu quarto. Raspa os dedos loucamente na minha parede. Meu quarto, minha parede! Além do que, aquilo que você diz não é só atrevido, é ridículo. Diz que a sua natureza obriga a falar comigo dessa maneira. É mesmo? Sua natureza obriga? É gentil da parte da sua natureza. Sua natureza é a minha e se pela minha própria natureza eu me comporto amavelmente com você, então você não pode agir de outra maneira.

— Isso é amável?

— Estou falando de antes.

— Você sabe como vou ficar mais tarde?

— Não sei de nada.

E fui até a mesinha de cabeceira, sobre a qual acendi a vela. Naquele tempo eu não tinha gás nem luz elétrica no meu quarto. Fiquei sentado um momento junto à mesinha até que me cansei, vesti o sobretudo, apanhei o chapéu no canapé e soprei a vela. Ao sair tropecei na perna de uma cadeira.

Encontrei na escada um inquilino do mesmo andar.

— Vai sair outra vez, tratante? — perguntou ele, descansando nas pernas estendidas sobre dois degraus.

— O que posso fazer? — perguntei. — Tenho agora um fantasma no meu quarto.

— Diz isso com o mesmo desagrado que teria ao encontrar um fio de cabelo na sopa.

— Está troçando comigo. Mas repare que um fantasma é um fantasma.

— É a pura verdade. Mas como ficam as coisas se você não crê nem um pouco em fantasmas?

— Acha então que eu não creio em fantasmas? Mas de que me serve essa descrença?

— Muito simples. Você não precisa mais ter medo quando um fantasma vem realmente ter com você.

— Sim, mas na verdade esse medo é secundário. O verdadeiro medo é o medo da causa da aparição. E esse permanece. É ele justamente que está dentro de mim, em grande estilo.

De nervosismo comecei a revistar todos os meus bolsos.

— Mas uma vez que não tem medo nem da aparição, poderia tranquilamente perguntar pela sua causa!

— É evidentemente que ainda nunca falou com fantasmas. Deles não se pode jamais obter uma informação precisa. É um vaivém constante. Esses fantasmas parecem estar mais em dúvida acerca de sua existência que nós, o que aliás, dada a sua fragilidade, não é de causar espanto.

— Mas ouvi dizer que se pode alimentá-los.

— Está bem informado. Pode-se alimentá-los. Mas quem vai fazer isso?

— E por que não? Se for um fantasma feminino — disse, e deu um impulso para o degrau de cima.

— Ah, bom — eu disse. — Mas mesmo assim nada garante.

Pus-me a pensar. Meu conhecido já estava tão alto que para me ver ele precisava se inclinar sob uma abóbada da escadaria.

— Apesar disso — bradei —, se lá em cima você levar embora meu fantasma, está tudo acabado entre nós, para sempre.

— Foi só uma brincadeira — disse ele, recuando a cabeça.

— Então está bem — eu disse.

Agora eu poderia de fato ir passear tranquilo. Mas como estava me sentindo totalmente abandonado, preferi subir e me deitar para dormir.

O FOGUISTA
Um fragmento

Quando Karl Rossmann, de dezessete anos — a quem os pobres pais tinham mandado para a América porque uma empregada o havia seduzido e tido um filho dele —, entrou no porto de Nova York a bordo do navio cuja marcha já era vagarosa, a Estátua da Liberdade, que ele vinha observando fazia muito tempo, pareceu-lhe iluminada pela luz de um sol que de repente se tornava mais forte. O braço com a espada sobressaía como se tivesse acabado de se levantar e em torno de sua figura sopravam os ares livres.

"Que alta!", disse consigo mesmo e, como nem cogitasse de ir embora, foi sendo aos poucos empurrado até o parapeito pela multidão crescente dos carregadores que passavam por ele.

Um jovem que havia conhecido superficialmente durante a viagem disse ao passar:

— Então, não está com vontade de descer?

— Estou pronto — disse Karl sorrindo-lhe, e, num ímpeto de euforia e também porque era um moço forte, suspendeu a mala ao ombro.

Mas quando seu olhar seguia o conhecido, que, balançando um pouco a bengala, já se distanciava com os outros, ele notou que havia esquecido o guarda-chuva na parte de baixo do navio. Pediu depressa ao conhecido, que não pareceu muito feliz, a gentileza de esperar um instante junto à mala, deu um rápido olhar ao redor para acertar o caminho de volta e saiu às pressas dali.

Lá embaixo, para seu pesar, encontrou fechado pela primeira vez um corredor que teria encurtado muito o caminho, o que provavelmente se relacionava com o desembarque de todos os passageiros, e teve de buscar passagem a custo por um sem-número de pequenos recintos, corredores de curvas contínuas, curtas escadas que se seguiam sem parar umas às outras, um compartimento vazio onde estava abandonada uma escrivaninha, até que efetivamente — pois fizera aquele trajeto só uma ou duas vezes e sempre em companhia de muitas outras pessoas — ele se perdeu por completo. No seu desamparo, sem encontrar ninguém, ouvindo apenas o incessante arrastar de milhares de pés em cima, e percebendo a distância, como um arquejo, os últimos movimentos das máquinas já desligadas, começou a bater sem refletir numa porta qualquer perto da qual interrompeu sua andança a esmo.

— Está aberta — bradou uma voz de dentro, e Karl abriu, com a respiração sinceramente aliviada.

— Por que bate na porta como um louco? — perguntou, mal tinha dirigido o olhar para Karl, um homem gigantesco.

Por alguma espécie de claraboia uma luz turva, já desgastada durante muito tempo na parte superior do navio, caía dentro da cabine lastimável onde a cama, um armário, uma cadeira e o homem estavam bem próximos uns dos outros, como que estocados.

— Eu me perdi — disse Karl. — Durante a viagem não notei, mais é um navio terrivelmente grande.

— É, tem razão — disse o homem com algum orgulho e não parou ele lidar com a fechadura de uma maleta que ele apertava sem cessar para ouvir o estalo do trinco.

— Mas entre — prosseguiu —, não vai querer ficar em pé aí fora.

— Não estou incomodando? — perguntou Karl.

— Ora, como vai incomodar?

— O senhor é alemão?

Karl ainda tentava se precaver, porque tinha ouvido falar muito dos perigos que ameaçavam os recém-chegados à América, principalmente da parte dos irlandeses.

— Sou, sou — disse o homem.

Karl ainda hesitava. O homem então agarrou num repente a maçaneta e fechando rapidamente a porta puxou com ela Karl para dentro.

— Não suporto que me olhem do corredor — disse o homem, que continuava lidando com a mala. — Qualquer um que passa olha aqui dentro, é uma coisa intolerável.

— Mas o corredor está completamente vazio — disse Karl, que estava desconfortavelmente em pé, esmagado junto à guarda da cama.

— É, agora está — disse o homem.

"Mas é de agora que estou falando", pensou Karl. "Com este homem é difícil conversar."

— Deite-se na cama, ali dispõe de mais espaço — disse o homem.

Karl foi rastejando até a cama o melhor que pôde

e riu alto da primeira tentativa malograda para chegar a ela com um arremesso do corpo. Mas nem bem estava lá, exclamou:

— Meu Deus! Esqueci completamente a mala.

— Onde está ela?

— Lá em cima no convés, um conhecido está tomando conta dela. Mas como é mesmo que ele se chama?

E de um bolso secreto, que sua mãe havia feito para a viagem no forro do casaco, ele tirou o cartão de visitas.

— Butterbaum, Franz Butterbaum.

— Precisa muito da sua mala?

— Naturalmente.

— Então por que a deixou com um estranho?

— Eu tinha esquecido meu guarda-chuva aqui embaixo e vim correndo buscá-lo, mas não queria trazer a mala comigo. Depois, ainda por cima, eu me perdi.

— Está sozinho? Sem companhia?

— Sim, estou sozinho.

"Talvez devesse me apegar a este homem", passou pela cabeça de Karl. "Onde vou encontrar tão cedo um amigo melhor?"

— E agora perdeu também a mala. Do guarda-chuva eu nem falo.

E o homem sentou-se na cadeira como se os assuntos de Karl agora tivessem adquirido algum interesse para ele.

— Mas eu acredito que a mala ainda não está perdida.

— A fé faz o homem feliz — disse o homem, coçando vigorosamente os cabelos escuros, curtos e espessos. — Num navio mudam com os portos também os costumes; em Hamburgo o seu Butterbaum talvez tivesse cuidado da mala, aqui o mais provável de tudo é que já não haja nem vestígio dos dois.

— Então eu preciso subir imediatamente para ver isso — disse Karl olhando em volta para saber como poderia sair.

— Fique onde está — disse o homem e atirou-o rudemente de volta à cama com um golpe de mão no peito.

— Mas por quê? — perguntou Karl irritado.

— Porque não tem sentido — disse o homem. — Num instante eu também vou e então podemos ir juntos. Ou a mala foi roubada e aí não há o que ajude e pode chorar por ela até o fim dos seus dias, ou o homem ainda está vigiando e é um idiota e deve continuar tomando conta, ou é simplesmente uma pessoa honesta e deixou a mala no lugar, aí então vamos esperar que o navio se esvazie completamente para encontrá-la com mais facilidade. A mesma coisa para o seu guarda-chuva.

— Conhece bem o navio? — perguntou Karl desconfiado.

Parecia-lhe que o pensamento, aliás convincente, de que suas coisas poderiam ser encontradas mais facilmente num navio deserto encobria algum ardil.

— Claro, sou foguista — disse o homem.

— Um foguista! — bradou Karl com alegria, como se isso ultrapassasse todas as expectativas, e apoiado no cotovelo olhou mais atentamente o homem. — Exatamente diante da cabine onde eu dormia com os eslovacos estava instalada uma escotilha por onde se podia olhar para a sala das máquinas.

— Sim, foi lá que eu fiquei trabalhando — disse o foguista.

— Sempre me interessei por técnica — disse Karl, que perseverava numa linha definida de raciocínio — e com certeza teria me tornado mais tarde engenheiro se não tivesse precisado viajar para a América.

— Por que precisou viajar?

— Bah! — disse Karl, e com a mão atirou fora toda a história.

Nesse lance olhou sorrindo para o foguista como se lhe pedisse indulgência mesmo pelo que não tinha sido confessado.

— Deve ter havido um motivo — disse o foguista, e não se sabia ao certo se com isso ele queria exigir ou recusar que fosse contado o motivo.

— Agora eu também poderia me tornar foguista, — disse Karl. — É absolutamente indiferente aos meus pais neste momento o que vou me tornar.

— Meu posto vai ficar vago — disse o foguista, e, com plena consciência do que estava afirmando, enfiou as mãos nos bolsos e lançou sobre a cama, para esticá-las, as pernas cobertas por calças amarrotadas, semelhantes a couro e de cor cinza-ferro.

Karl teve de se afastar para mais perto da parede.

— Vai deixar o navio?

— Sim senhor, vamos embora hoje.

— Mas por quê? Não gosta?

— Oh, são as condições, nem sempre o que decide é se alguém gosta ou não. Aliás, tem razão, não gosto também. Provavelmente não está pensando a sério em se tornar foguista, mas é justamente nessa hora que se pode com a maior facilidade se tornar um. Eu o desaconselho decididamente. Se queria estudar na Europa, por que não o quer aqui? As universidades americanas são incomparavelmente melhores.

— É bem possível — disse Karl. — Mas não tenho quase nenhum dinheiro para estudar. Li, é verdade, sobre alguém que trabalhava durante o dia numa loja e estudava à noite, até que ficou doutor e creio que prefeito. Mas para isso é preciso uma grande perseverança, não é? Temo que ela me falte. Além disso não fui um aluno especialmente bom, a despedida da escola realmente não me foi difícil. E as escolas daqui talvez sejam mais severas ainda. Não sei quase nada de inglês. Acredito que em geral as pessoas aqui têm muita prevenção contra estrangeiros.

— Também, já passou por isso? Então está muito bem. Então estou diante do meu homem. Veja: estamos num navio alemão, ele pertence à linha Hamburgo-América, por que é que não somos apenas alemães aqui? Por que o maquinista-chefe é um romeno? Ele se chama Schubal. Mal dá para acreditar. E esse cão sarnento esfola a nós, alemães, num navio alemão. Não fique pensando — faltava-lhe o ar, ele se abanava com a mão — que me queixo por me queixar. Sei que não tem influência e que é somente um pobre rapazinho. Mas assim já é demais!

E várias vezes bateu duro com o punho na mesa, sem despregar o olho dela enquanto batia.

— Já servi em tantos navios — deu vinte nomes, um depois do outro, como se eles fossem uma só palavra; Karl ficou completamente confuso — e me distingui, fui elogiado, um trabalhador ao gosto dos meus capitães, estive até alguns anos no mesmo veleiro mercante — levantou-se como se fosse esse o ponto culminante de sua vida —, e aqui neste caixote onde tudo está organizado segundo as regras, onde não se exige nenhum talento, aqui eu não sirvo para nada, aqui estou sempre atravessado no caminho do Schubal, sou um mandrião, mereço ser posto para fora e só recebo meu salário por misericórdia. Compreende uma coisa dessas? Eu não.

— Não deve permitir isso — disse Karl excitado. Tinha quase perdido a noção de que estava sobre o solo inseguro de um navio na costa de um continente desconhecido, de tal forma se sentia em casa ali na cama do foguista.

— Já esteve com o capitão? Já tentou fazer valer os seus direitos junto a ele?

— Oh, vá embora, é melhor que vá embora! Não quero tê-lo aqui comigo. Não escuta o que eu digo e me dá conselhos. Como é que posso ir ao capitão?

E o foguista sentou-se outra vez, cansado, colocando o rosto nas mãos.

"Não posso lhe dar um conselho melhor", disse Karl consigo mesmo. E achou que seria preferível ter ido apanhar a mala em vez de ficar ali dando conselhos que eram considerados estúpidos. Quando o pai lhe entregou definitivamente a mala, perguntou brincando: Quanto tempo vai conservá-la? E agora a querida mala talvez já estivesse perdida — sem brincar. O único consolo ainda era que o pai não podia ficar sabendo nem um pouquinho da sua atual situação, mesmo que fosse investigar. O máximo que a companhia de navegação ainda podia dizer era que ele havia chegado a Nova York. Mas Karl lastimava que quase não tivesse usado as coisas que estavam na mala, embora — por exemplo — há muita tempo precisasse trocar de camisa. Havia portanto economizado no lugar errado; agora que, justamente no início da sua carreira, precisava se apresentar asseado, teria de aparecer com uma camisa suja. Que bela perspectiva! Se não fosse isso, porém, a perda da mala não teria sido tão má, pois o terno que estava vestindo era até melhor do que aquele na mala, que na verdade era apenas uma roupa de emergência que a mãe precisara costurar pouco antes da partida. Lembrava-se agora, também, que na mala havia além disso um pedaço de salame de Verona, que a mãe colocara dentro como prenda extra, do qual no entanto só havia comido uma parte mínima, uma vez que durante a viagem ficara totalmente sem apetite e a sopa distribuída na coberta do navio fora mais que suficiente para ele. Gostaria agora entretanto de ter em mãos o salame para homenagear o foguista. Pois pessoas assim são facilmente conquistadas quando lhes é passado algum presentinho, isso Karl já sabia através do pai, que com a distribuição de charutos ganhava a simpatia de todos os funcionários subalternos com os quais precisava entrar em contato por causa de negócios. Para presentear, a única coisa que Karl agora trazia consigo era o seu dinheiro, e neste — caso já tivesse perdido a mala — ele não queria tocar por enquanto. Seus pensamentos voltaram outra vez para a mala: ele de fato não podia entender por que, durante a viagem, a vigiara com tamanha atenção, que essa vigilância quase lhe custara o sono e agora havia deixado que levassem embora com tanta facilidade essa mesma mala. Recordou-se das cinco noites durante as quais mantivera um pequeno eslovaco, que dormia duas camas à sua esquerda, sob a suspeita contínua de que ele estava de olho em sua mala. Esse eslovaco ficava apenas esperando que Karl finalmente cochilasse um instante, vencido pela fraqueza, para poder puxar a mala com uma vara comprida, com a qual sempre brincava ou se exercitava durante o dia. De dia o eslovaco tinha um ar bastante inocente, mas assim que a noite chegava de tempos em tempos se erguia na cama e olhava com tristeza para a mala de Karl. Karl podia perceber isso perfeitamente, pois sempre havia alguém que, às voltas com o desassossego do emigrante, acendia uma luzinha, embora isso fosse proibido pelas normas do navio, tentando decifrar prospectos ininteligíveis das agências de emigração. Se havia uma luz dessas por perto, então Karl podia cochilar um pouco, mas se ela ficava a distância ou estava escuro, ele precisava manter os olhos abertos. Esse esforço o havia deixado realmente esgotado. E no entanto talvez tivesse sido inteiramente inútil. Esse Butterbaum, se ele o encontrasse de novo, onde quer que fosse!

Nesse momento ressoaram a distância, invadindo a completa tranquilidade reinante até então, pequenos golpes curtos como que de pés de crianças; aproximavam-se com som ampliado e aí se transformaram numa calma marcha de homens. Evidentemente eles andavam em fila indiana, como era natural no corredor estreito, ouvia-se um tinido que parecia de armas. Karl, que já estava a ponto de se esticar na cama para um sono livre de todas as preocupações com a mala e o eslovaco, ergueu-se assustado e cutucou o foguista para finalmente chamar-lhe a atenção, pois a ponta do cortejo, ao que parecia, acabava de alcançar a porta.

— É a banda do navio — disse o foguista. — Eles tocaram lá em cima e agora vão fazer as malas. Está tudo pronto agora e nós podemos ir. Venha.

Agarrou Karl pela mão, no último instante ainda tirou da parede sobre a cama uma imagem de Nossa Senhora, enfiou-a no bolso do peito, pegou a mala e deixou a cabine às pressas acompanhado de Karl.

— Agora vou ao escritório dizer aos senhores o que penso. Todos os passageiros foram embora, não é mais preciso ter respeito — o foguista repetiu a mesma coisa de diversas formas.

Enquanto andava, quis, desviando o pé de lado, esmagar um rato que cruzava o caminho, mas apenas o atirou mais depressa dentro do buraco, que ele conseguiu alcançar ainda em tempo. O foguista era lento nos movimentos, pois embora tivesse pernas compridas elas eram pesadas demais.

Atravessaram uma divisão da cozinha onde algumas moas com aventais sujos — elas os salpicavam de propósito — lavavam a louça em grandes tinas. O foguista chamou uma certa Line, pôs o braço em volta dos seus quadris e a levou consigo por um pequeno trecho, enquanto ela se comprimia coquete no seu braço.

— O pagamento vai sair agora, quer ir junto? — perguntou ele.

— Por que devo fazer esse esforço? É preferível que traga o dinheiro aqui — respondeu ela, escorregou por baixo do braço e saiu correndo.

— Onde você pescou esse belo rapaz? — bradou ela ainda, mas sem querer a resposta.

Ouviu-se o riso de todas as moças que haviam interrompido o trabalho.

Eles porém continuaram andando e chegaram a uma porta que tinha na parte de cima um pequeno frontão sustentado por pequenas cariátides verdes. Para um ornamento de navio aquilo parecia pródigo demais. Karl notou que nunca fora àquela parte da embarcação, provavelmente reservada aos passageiros de primeira classe, enquanto agora, diante da limpeza geral do navio, as barreiras haviam sido levantadas. Com efeito eles encontraram também alguns homens que levavam vassouras ao ombro e que cumprimentaram o foguista. Karl espantava-se com a grande movimentação ali; na coberta ele naturalmente tinha visto pouca coisa nesse sentido. Ao longo dos corredores estendiam-se também cabos elétricos e se ouvia incessantemente um pequeno sino.

O foguista bateu respeitosamente na porta e, quando gritaram "entre!", exortou Karl, com um movimento de mão, a entrar sem medo. Ele também entrou, mas ficou parado junto à porta. Pelas três janelas do compartimento Karl viu as ondas do mar e ao contemplar o alegre movimento delas bateu-lhe o coração como se não tivesse enxergado o mar ininterruptamente por cinco longos dias. Grandes navios cruzavam as rotas uns dos outros e só cediam ao impacto das ondas na medida em que seu peso o permitia. Quando se apertava os olhos, eles pareciam balançar por causa do próprio peso. Levavam nos mastros bandeiras estreitas e compridas que a viagem havia enrijecido mas que apesar disso ainda se agitavam de cá para lá. Provavelmente dos vasos de guerra ressoavam as salvas de tiros, os canos de canhão de um deles, que não estava passando muito longe, cintilavam no reflexo do seu manto de aço e iam coma que acariciados pela viagem segura, lisa e nu entanto não horizontal. Pelo menos da porta só era possível observar a distância os naviozinhos e barcos que afluíam em massa pelas aberturas entre os grandes navios. Mas atrás de tudo isso estava Nova York e ela fitava Karl com as cem mil janelas dos seus arranha-céus. Sim, neste compartimento sabia-se onde se estava.

Numa mesa redonda estavam sentados três senhores, um oficial do navio, de uniforme azul, e dois outros, funcionários da autoridade portuária, com os uniformes americanos de cor preta. Sobre a mesa dispunham-se camadas altas de documentos diversos, aos quais o oficial, com a caneta na mão, primeiro dava uma olhada para depois passá-los aos outros dois, que ora liam, ora tomavam apontamentos, ora enfiavam em suas pastas, quando não acontecia de um deles, que fazia um ruído quase incessante dos dentes, ditar ao colega alguma coisa que entrava no protocolo.

Junto à janela, sentado a uma escrivaninha, as costas voltadas para a porta, um senhor de estatura menor manejava enormes livros de registro alinhados numa forte prateleira à sua frente, na altura da cabeça. Havia a seu lado uma caixa-forte aberta e, pelo menos à primeira vista, vazia.

A segunda janela estava desocupada e oferecia a melhor vista. Mas perto da terceira encontravam-se dois senhores conversando à meia-voz. Um inclinava-se ao lado da janela, vestia também o uniforme azul de bordo e brincava com o punho da espada. O homem com quem falava estava virado para a janela e de vez em quando deixava ver, através de um movimento, uma parte da fileira de condecorações no peito do outro. Tinha trajes civis e uma bengalinha de bambu que, por ele conservar as mãos firmes nos quadris, também se destacava do corpo como uma espada.

Karl não teve muito tempo para olhar tudo, pois logo veio ao encontro de ambos um servidor e perguntou ao foguista, com um olhar de que o lugar dele não era ali, o que desejava. O foguista respondeu, numa voz tão baixa quanto aquela com que fora perguntado, que queria falar com o senhor caixa-mor. O servidor recusou da sua parte o pedido com um aceno de mão, mas apesar disso dirigiu-se ao senhor às voltas com os livros de registro, na ponta dos pés, desviando-se num grande arco da mesa redonda. Esse senhor — viu-se isto com clareza — literalmente enrijeceu às palavras do servidor, mas afinal voltou-se para o homem que desejava falar-lhe, brandindo depois ligeiramente os braços para repelir o foguista, e, por segurança, até o próprio servidor. Este retornou em seguida e disse num tom de quem lhe confidenciava alguma coisa:

— Desapareça imediatamente daqui!

Após essa resposta o foguista baixou os olhos para Karl como se ele fosse o seu coração, a quem oferecesse a muda queixa do seu infortúnio. Sem pensar duas vezes Karl partiu correndo através da sala a ponto de esbarrar de leve na cadeira do oficial, o servidor correu inclinado atrás, com os braços prontos para agarrá-lo, como se estivesse caçando um inseto daninho, mas Karl foi o primeiro a chegar à mesa do caixa-mor, onde se segurou com força, prevendo o caso de que o servidor quisesse arrastá-lo para fora.

Naturalmente todo o recinto ficou logo animado.

O oficial do navio que estava à mesa pôs-se em pé num pulo, os senhores da autoridade portuária permaneceram calmamente sentados mas atentos, os outros dois, perto da janela, se aproximaram um do outro, o servidor, que acreditava estar deslocado onde os grandes senhores mostravam interesse, recuou. O foguista, junto à porta, esperava tenso o momento em que sua ajuda se tornasse necessária. Finalmente o caixa-mor fez na sua poltrona uma ampla volta à direita.

Karl vasculhou o bolso secreto, que não se importava de revelar aos olhares daquelas pessoas, para tirar o passaporte, o qual, em vez de apresentar logo em seguida, colocou aberto sobre a mesa. O caixa-mor pareceu considerar esse documento sem importância, pois afastou-o com dois dedos, diante do que Karl o enfiou de volta no bolso como se a formalidade tivesse sido satisfatoriamente cumprida.

— Tomo a liberdade de dizer — começou então — que na minha opinião foi feita uma injustiça ao senhor foguista. Existe aqui um certo senhor Schubal, que o importuna. Ele já serviu pessoalmente em muitos navios, cujos nomes todos pode dizer aos senhores, de modo inteiramente satisfatório, é diligente, leva o trabalho a sério, de fato não dá para entender por que corresponde mal justamente neste navio, onde o serviço não é excessivamente pesado, como por exemplo em veleiros mercantes. Por isso só pode ser a calúnia que o impede de progredir e de lhe trazer o reconhecimento que de outro modo certamente não lhe faltaria. Só disse o que há de mais geral neste caso, as queixas específicas ele mesmo apresentará aos senhores.

Ao falar isso Karl havia se voltado a todos os presentes porque de fato todos escutavam e também porque parecia mais provável que no conjunto deles se encontrasse uma pessoa justa que não fosse justamente o caixa-mor. Além disso, por esperteza, Karl silenciou que só conhecia o foguista fazia tão pouco tempo. Aliás teria falado melhor ainda se não tivesse ficado sem graça com o rosto rubro do senhor com a bengalinha de bambu, que ele via pela primeira vez do lugar em que se achava agora.

— Tudo isso é verdade, palavra por palavra — disse o foguista antes que alguém lhe perguntasse, na realidade antes mesmo que alguém tivesse dirigido o olhar para ele.

A precipitação do foguista teria sido um grande erro se o senhor com as condecorações — que como Karl agora intuía era sem dúvida o capitão — já não tivesse evidentemente resolvido ouvir o foguista. Pois ele estendeu a mão e bradou para o foguista:

— Venha aqui!

A voz era firme como uma rocha. Tudo agora dependia do comportamento do foguista, pois no que dizia respeito à justiça da causa Karl não tinha dúvidas.

Felizmente nessa oportunidade ficou evidente que o foguista já havia andado muito pelo mundo. Com uma calma exemplar ele tirou da maleta, na primeira tentativa, um macinho de papéis, bem como um livro de notas, foi com eles até o capitão, como se fosse a coisa mais óbvia, negligenciando inteiramente o caixa-mor, e desdobrou sobre o parapeito da janela seus elementos de prova. Ao caixa-mor não restou outra coisa senão ir até lá também.

— Este homem é um conhecido querelante —

disse como explicação. — Vive mais na caixa do que na sala das máquinas. Levou Schubal, essa pessoa tranquila, ao completo desespero. Ouça aqui! — voltou-se para o foguista. — Está realmente indo longe demais com a sua impertinência. Quantas vezes já o puseram para fora dos postos de pagamento, como merecia, com as suas exigências sem exceção totalmente injustificadas? Quantas vezes veio correndo de lá para a caixa principal? Quantas vezes lhe disseram por bem que Schubal é o seu superior imediato, o único com quem tem de se entender, enquanto subordinado? E agora ainda vem aqui, quando o capitão está presente, não se envergonha de importunar até mesmo a ele e tem o descaramento de trazer junto, como porta-voz ensinado das suas recriminações de mau gosto, esse menino que estou vendo pela primeira vez no navio.

Karl conteve-se a duras penas para não dar um salto à frente. Mas ali também estava o capitão, que disse:

— Vamos ouvir este homem. Seja como for, com o tempo Schubal me parece ter ficado independente demais; mas não quero com isso estar dizendo nada em seu favor.

A última afirmação valia para o foguista, era natural que não intercedesse imediatamente por ele, mas tudo parecia no caminho certo. O foguista começou a dar suas explicações e logo de início se dominou ao intitular Schubal de "senhor". Como Karl se alegrava junto à esquecida escrivaninha do caixa-mor, onde por puro prazer comprimia sem parar uma balança de cartas! O senhor Schubal é injusto. O senhor Schubal dá preferência aos estrangeiros. O senhor Schubal expulsou o foguista da sala das máquinas e o mandou lavar as latrinas, o que certamente não é tarefa de um foguista. Uma vez foi posta em dúvida até a competência do senhor Schubal, que seria mais aparente que real. Neste ponto Karl fitou com toda energia o capitão, confiante como se fosse seu colega, só para que este não se deixasse influenciar desfavoravelmente pela maneira um pouco desajeitada de se expressar do foguista. De qualquer modo não se depreendia nada de concreto das muitas coisas que ele falava e, embora o capitão continuasse olhando e mantendo nos olhos a decisão de desta vez escutar o foguista até o fim, os outros senhores se impacientavam e em breve a voz do foguista não dominava mais o recinto de modo irrestrito, o que fazia temer muita coisa. Em primeiro lugar o senhor em trajes civis pôs em atividade sua bengalinha de bambu, batendo-a no piso, embora só de leve. Os outros senhores naturalmente olhavam de vez em quando, os senhores da autoridade portuária, que evidentemente estavam com pressa, voltaram aos seus papéis e, apesar de ainda um pouco distraídos, começaram a examiná-los, o oficial do navio aproximou-se de novo de sua mesa e o caixa-mor, que acreditava ter ganho a partida, suspirou fundo de ironia. Da distração geral que se instalara só parecia isento o servidor, que, simpatizando em parte com as aflições do pobre homem entre os grandes senhores, meneava seriamente a cabeça para Karl, como se com o gesto quisesse explicar alguma coisa.

Enquanto isso, diante das janelas a vida do porto prosseguia, um navio de carga achatado, com uma montanha de barris, que deviam estar maravilhosamente arrumados para não rolarem, passou em frente e quase provocou escuridão no compartimento, pequenos barcos a motor, que Karl agora poderia observar com mais atenção se tivesse tempo, deslocavam-se roncando e traçavam uma reta perfeita aos impulsos das mãos de um homem que permanecia ereto junto ao leme; boias muito peculiares emergiam aqui e ali espontaneamente das águas inquietas, eram logo cobertas por elas e afundavam diante do olhar atônito, os botes dos transatlânticos a vapor seguiam em frente remados por marinheiros que transpiravam, cheios de passageiros que, tantos quantos tinha sido possível enfiar ali dentro, permaneciam sentados quietos e expectantes, embora vários não conseguissem deixar de mover a cabeça para os cenários cambiantes. Um movimento sem fim, uma inquietação, transposta do elemento intranquilo para os desamparados homens e suas obras!

Tudo exortava à pressa, à nitidez, à exposição mais completa, mas o que fazia o foguista? Derretia-se de suor ao falar, os papéis no parapeito da janela há muito ele não podia mais segurar com as mãos trêmulas, de todos os pontos cardeais escorriam-lhe queixas contra Schubal, cada uma das quais na sua opinião teria bastado para sepultar completamente esse Schubal, mas o que ele conseguia expor ao capitão era apenas um triste amontoado de tudo. Fazia longo tempo que o senhor com a bengalinha de bambu assobiava de leve para o teto, os senhores da autoridade portuária já seguravam o oficial na sua mesa e não faziam a menor menção de liberá-lo de novo, o caixa-mor estava visivelmente contido de intervir pela calma do capitão, coisa que tinha comichão de fazer. O servidor aguardava em posição de alerta, a qualquer instante, uma ordem do capitão a respeito do foguista.

Sendo assim Karl não podia mais ficar inativo. Dirigiu-se pois devagar até o grupo e enquanto andava refletia tanto mais rapidamente sobre a maneira de atacar o assunto com a maior habilidade possível. Realmente o tempo urgia, mais um instante, por menor que fosse, e os dois podiam perfeitamente voar do escritório. O capitão podia ser um bom homem e além disso, justamente agora, conforme parecia a Karl, ter um motivo especial para se mostrar um superior justo, mas afinal ele não era um instrumento de que fosse possível usar e abusar — e era exatamente desse modo que o foguista o tratava, antes de mais nada em nome do seu sentimento ilimitado de indignação.

Por isso Karl disse ao foguista:

— É preciso narrar com mais simplicidade, com mais clareza, o senhor capitão não pode julgar direito, do modo como está contando. Por acaso ele conhece pelo sobrenome ou pelo nome de batismo todos os maquinistas e contínuos, a ponto de saber logo de quem se trata quando profere esse nome? Ordene primeiro suas queixas e depois desça às outras coisas, talvez aí não seja necessário nem mencionar a maioria delas. Para mim você sempre expôs tão claro!

"Se na América, é possível roubar mala, então é possível também mentir de vez em quando", pensou como desculpa.

Mas se isso ao menos ajudasse! Já não seria tarde demais? O foguista imediatamente se interrompeu quando ouviu a voz conhecida, mas com os olhos cobertos pelas lágrimas da honra ferida de um homem, das terríveis lembranças, da extrema aflição presente, ele não era capaz nem mesmo de reconhecer Karl direito.

Como é que agora — Karl intuiu isso em silêncio diante do homem que ora silenciava —, como é que agora ele podia altear de repente a maneira de se expressar, uma vez que, a seu ver, tudo o que tinha a dizer já havia sido apresentado sem o mínimo reconhecimento e por outro lado ainda não tinha dito nada e certamente não podia exigir dos senhores, neste momento, que eles ainda ouvissem tudo? E é neste ponto que Karl, seu único defensor, intervém e quer lhe dar boas lições, mas em vez disso lhe mostra que tudo, tudo está perdido.

"Se eu tivesse vindo mais cedo, em vez de olhar pela janela", disse Karl a si mesmo; baixou os olhos diante do foguista e bateu as mãos na costura das calças como sinal do fim de qualquer esperança.

Mas o foguista entendeu mal, farejou em Karl uma censura secreta e, com a boa intenção de dissuadi-lo, começou — como coroamento dos seus atos — a discutir com Karl. Agora que os senhores à mesa redonda estavam com certeza há muito tempo indignados com o barulho inútil, que perturbava seus importantes trabalhos; agora que o caixa-mor aos poucos achava incompreensível a paciência do capitão e se inclinava a uma explosão imediata; agora que o servidor, completamente de volta à esfera dos seus senhores, media o foguista com um olhar selvagem — agora, finalmente, o senhor com a bengalinha de bambu, a quem até o capitão olhava de quando em quando amistosamente, já entediado por completo com o foguista, até mesmo com aversão por ele, puxou um pequeno livro de notas e, evidentemente ocupado por outros assuntos, vagueou o olhar de lá para cá entre o livro de notas e Karl.

— Eu sei, eu sei — disse Karl, que fazia esforços para se defender da torrente de palavras do foguista, agora voltadas contra ele, mas que apesar disso ainda dispunha de um sorriso de amizade em meio a toda aquela desavença. — Tem razão, tem razão, nunca duvidei disso.

Karl gostaria de segurar as mãos do foguista, que rodavam no ar, de medo de receber golpes, e mais ainda de levá-lo até um canto para sussurrar-lhe algumas palavras de tranquilidade que ninguém mais deveria ouvir. Mas o foguista tinha perdido as estribeiras. Karl começou então a tirar algum tipo de consolo do pensamento de que, em caso de necessidade, o foguista podia dominar os sete homens presentes com a força do seu desespero. Havia entretanto na escrivaninha — como um olhar para ela lhe ensinou — um painel com muitos e muitos botões elétricos e uma só mão que os apertasse podia rebelar o navio inteiro com todos os seus corredores cheios de homens hostis.

Foi então que o senhor com bengalinha de bambu, que parecia tão desinteressado, aproximou-se de Karl e perguntou numa voz que não era alta demais, mas suficientemente nítida para ser ouvida em meio a toda a gritaria do foguista:

— Como é mesmo o seu nome?

Nesse instante bateram na porta, como se alguém estivesse atrás dela esperando aquela manifestação. O servidor olhou para o capitão, este fez um aceno de cabeça. O servidor foi então até a porta e abriu-a. Fora, com um velho casaco do exército imperial, estava um homem de proporções médias, que pela aparência não se adequava propriamente ao trabalho nas máquinas mas era, no entanto — Schubal. Se Karl não o tivesse reconhecido em todos os olhos, que exprimiam uma certa satisfação, da qual nem mesmo o capitão estava isento, teria visto aquilo com susto na figura do foguista, que fechou os punhos nos braços esticados, de tal forma que era como se fechar os punhos fosse a coisa mais importante que existia e à qual ele estava pronto para sacrificar tudo o que tinha na vida. Ali se concentrava toda a sua energia, inclusive a que o mantinha em pé.

Lá estava portanto o inimigo, desembaraçado e disposto, em traje de cerimônia, levando sob o braço um livro de contabilidade, provavelmente com a relação dos salários e a folha de serviços do foguista; olhava nos olhos de todos, um depois do outro, numa demonstração sem pejo de que queria examinar o estado de ânimo de cada um. Todos os sete já eram seus amigos, pois embora o capitão tivesse antes levantado certas objeções contra ele, ou pretendido fazê-lo em nome da pena que lhe dava o foguista, parecia-lhe provável que já não tinha o mínimo a censurar em Schubal. Contra um homem como o foguista não se podia proceder com muita severidade e, se havia algo a reprovar em Schubal, era a circunstância de não ter conseguido no decurso do tempo quebrar a renitência do foguista a tal ponto que este não tivesse, ainda hoje, ousado aparecer diante do capitão.

Talvez ainda se pudesse admitir que o confronto entre o foguista e Schubal não deixaria de provocar, perante um tribunal superior, o efeito que lhe cabia produzir também diante dos homens, pois apesar de Schubal saber disfarçar bem, não seria capaz de sustentá-lo inteiramente até o fim. Um breve lampejo da sua maldade bastaria para torná-la visível aos senhores, disso Karl queria se encarregar. Já conhecia de passagem a agudez, as fraquezas, os humores de cada um deles e desse ponto de vista não era perdido o tempo gasto aqui, até aquele momento. Se ao menos o foguista tivesse se mostrado um pouco mais à altura! Mas ele parecia totalmente incapaz de lutar. Se lhe tivessem oferecido Schubal ele certamente teria rachado o detestado crânio deste como uma noz de casca fina. Mas era evidente que mal tinha condições para dar os poucos passos que o separavam do outro. Por que Karl não havia previsto o que era tão fácil de prever — que Schubal finalmente teria de vir, se não por iniciativa própria, pelo menos chamado pelo capitão? Por que no caminho até aqui não tinha discutido com o foguista um plano de guerra preciso, em vez de terem feito o que na realidade fizeram — simplesmente entrar pela primeira porta, irremediavelmente despreparados? Será que o foguista ainda podia falar, dizer sim ou não, como seria necessário no interrogatório, que de qualquer modo só viria no melhor dos casos? Ele estava ali em pé, as pernas apartadas, os joelhos um pouco dobrados, a cabeça algo erguida, e o ar passava pela boca aberta como se já não houvesse mais pulmões que o assimilassem.

Karl no entanto sentia-se forte e lúcido como talvez nunca tivesse sido em casa. Se os seus pais pudessem ver como ele lutava pelo bem em terra estranha, diante de personalidades respeitáveis e, embora ainda não tivesse alcançado a vitória, se preparava plenamente para a conquista final! Será que reconsiderariam sua opinião sobre ele? Iriam fazê-lo sentar-se ao seu lado para elogiá-lo? Será que por fim, por fim, olhariam nos seus olhos tão cheios de devoção por eles? Perguntas duvidosas, momento mais inadequado para fazê-las!

— Vim porque acredito que o foguista me acusa de alguma desonestidade. Uma moça que trabalha na cozinha me disse que o tinha visto a caminho deste lugar. Senhor capitão e senhores todos aqui presentes: estou pronto a refutar qualquer acusação, baseado nos meus documentos e, caso necessário, nos depoimentos de testemunhas despreconcebidas e não influenciadas que se encontram diante da porta.

Assim falou Schubal. Era sem dúvida o discurso claro de um homem e pelas mudanças nas fisionomias dos ouvintes seria possível crer que ouviam de novo, pela primeira vez depois de muito tempo, sons humanos. Naturalmente não notavam que mesmo esse belo discurso apresentava lacunas. Por que a primeira palavra objetiva que lhe veio à mente foi "desonestidade"? Talvez a acusação precisasse começar aqui, em vez de partir dos seus preconceitos nacionais? Uma moça da cozinha tinha visto o foguista a caminho do escritório e Schubal havia imediatamente compreendido? Não era a consciência de culpa que lhe aguava o espírito? E trouxera sem demora testemunhas e além disso as chamara de "despreconcebidas" e "não influenciadas"? Velhacaria, nada mais que velhacaria — e os senhores não só toleravam isso como ainda o reconheciam como comportamento correto. Por que ele, sem dúvida alguma, tinha deixado passar tanto tempo entre a informação da moça da cozinha e sua chegada aqui? Sem dúvida alguma para que o foguista cansasse os senhores a tal ponto que eles aos poucos perdessem a capacidade de julgamento claro, que Schubal temia acima de tudo! Seguramente ele permanecia havia muito tempo atrás da porta e só bateu no momento em que teve motivos para esperar que o foguista estivesse liquidado em virtude da pergunta irrelevante do senhor com a bengalinha de bambu. Estava tudo claro e até involuntariamente demonstrado por Schubal, mas era preciso dizê-lo aos senhores de outra forma ainda mais tangível. Eles tinham de ser sacudidos. Por isso, Karl, rápido, agora aproveite ao menos o tempo, antes que as testemunhas apareçam e façam transbordar tudo!

Mas bem naquele instante o capitão conteve Schubal com um aceno e este — já que o seu assunto parecia ter sido adiado por um momento — afastou-se logo e iniciou uma conversa com o servidor, que havia se aproximado dele, durante a qual não faltaram olhares de esguelha para o foguista e Karl, nem movimentos de mão extremamente convictos. Schubal parecia estar ensaiando assim seu próximo grande discurso.

— Não queria perguntar alguma coisa aqui ao jovem, senhor Jakob? — disse o capitão, sob silêncio geral, ao senhor com a bengalinha de bambu.

— Certamente — disse este com uma leve inclinação de agradecimento pela gentileza.

Depois perguntou outra vez a Karl:

— Como é mesmo o seu nome?

Karl, que julgava ser do interesse da grande questão principal resolver logo esse incidente com o perguntador obstinado, respondeu laconicamente, sem se apresentar — como era seu costume — com a exibição do passaporte, que ele teria primeiro de procurar:

— Karl Rossmann.

— Mas — disse o senhor que se chamava Jakob, a princípio recuando com um sorriso quase de dúvida.

Também o capitão, o caixa-mor, o oficial do navio, até mesmo o servidor mostraram nitidamente um espanto extremo por causa do nome de Karl. Só os senhores da autoridade portuária e Schubal permaneceram indiferentes.

— Mas — repetiu o senhor Jakob e se dirigiu a Karl com passos um tanto rígidos — então eu sou o seu tio Jakob e você é o meu caro sobrinho. Eu estava pressentindo isso o tempo todo — disse ele ao capitão antes de abraçar e beijar Karl, que deixou tudo acontecer, emudecido.

— Como o senhor se chama? — perguntou Karl, na verdade com muita cortesia mas completamente impassível, depois que se libertou, esforçando-se para prever as consequências que esse novo acontecimento podia ter para o foguista.

Por ora nada indicava que Schubal pudesse tirar proveito dessa situação.

— Mas compreenda, jovem, a sua sorte! — disse o capitão, que com aquela pergunta julgava ferida a dignidade da pessoa do senhor Jakob, o qual se colocara junto à janela, evidentemente para não ter de mostrar aos outros seu rosto excitado, que ele além disso tocava de leve com um lenço. — É o senador Edward Jakob que se deu a conhecer como seu tio. Daqui em diante, certamente contra todas as suas expectativas até agora, aguarda-o uma carreira brilhante. Procure entender isso tão bem quanto seja possível no primeiro momento e recomponha-se.

— Eu tenho de fato um tio Jakob na América —

disse Karl voltado para o capitão. — Mas se entendi direito, só o sobrenome do senhor senador é Jakob.

— Exato — disse o capitão, ansioso.

— Bem, meu tio Jakob, que é irmão de minha mãe, tem o prenome Jakob, ao passo que seu sobrenome deveria naturalmente ser igual ao de minha mãe, que quando solteira era Bendelmeyer.

— Meus senhores! — bradou o senador, retornando animado do seu posto de recuperação junto à janela, para se referir à explicação de Karl.

Todos, com exceção dos funcionários do porto, romperam no riso, alguns aparentemente comovidos, outros sem motivo visível.

"O que eu disse não foi de modo algum risível", pensou Karl.

— Meus senhores — repetiu o senador. — Estão participando, contra a minha e a sua vontade, de uma pequena cena de família, e por isso não posso deixar de lhes prestar um esclarecimento, uma vez que, segundo creio, só o capitão está totalmente informado (essa menção teve por consequência uma reverência recíproca).

"Agora eu preciso realmente prestar atenção em cada palavra", disse Karl consigo mesmo, alegrando-se ao notar, com um olhar para o lado, que na figura do foguista começava a voltar a vida.

— Em todos os longos anos de minha estada na América (a palavra "estada" ajusta-se mal, neste caso, ao cidadão americano que sou de todo o coração), em todos estes longos anos tenho vivido completamente isolado dos meus parentes europeus por razões que, primeiro, não cabem aqui e que, segundo, realmente me custariam muito contar. Temo inclusive o momento em que serei forçado a contá-las ao meu caro sobrinho, quando infelizmente não será possível evitar uma palavra franca sobre seus pais e os parentes deles.

"É o meu tio, não há dúvida", disse Karl a si mesmo e ficou escutando. "Provavelmente mandou alterar o nome."

— Ora, meu caro sobrinho foi (digamos a palavra que realmente designa a coisa), foi posto na rua pelos pais, como se atira um gato pela porta quando ele está aborrecendo. Não quero absolutamente embelezar o que o meu sobrinho fez para ser assim castigado — embelezar não faz o estilo americano —, mas sua transgressão é de um tipo cuja simples menção já encerra desculpa suficiente.

"Não está mal", pensou Karl. "Mas não quero que ele conte a todos. Aliás ele não pode saber. De onde? Mas veremos, ele já deve estar sabendo de tudo:"

— É que ele foi — prosseguiu o tio, apoiando-se com pequenas inclinações sobre a bengalinha de bambu fixada no chão à sua frente, o que de fato conseguiu retirar ao assunto uma parte da solenidade que de outro modo ele teria assumido —, é que ele foi seduzido por uma criada, Johanna Brummer, uma pessoa de cerca de trinta e cinco anos. Não quero de maneira nenhuma melindrar o meu sobrinho com a palavra "seduzido", mas é difícil encontrar outra igualmente adequada.

Aqui Karl, que já havia se aproximado bastante do tio, deu meia-volta para ler nos rostos dos presentes a impressão deixada pela história. Ninguém ria, todos ouviam com paciência e seriedade. Afinal não se ri do sobrinho de um senador na primeira oportunidade que se apresenta. Seria possível antes dizer que o foguista sorriu para Karl, embora muito pouco, o que em primeiro lugar era alentador como novo o sinal de vida e, em segundo, desculpável, visto que, na cabine, Karl havia querido fazer dessa questão, que agora se tornava tão pública, um segredo especial.

— Ora, essa tal de Brummer — continuou o tio — teve do meu sobrinho um filho, menino sadio que no batismo recebeu o nome de Jakob, indubitavelmente em memória de minha pouca importância, a qual, mesmo nas menções decerto muito passageiras do meu sobrinho, devem ter causado uma grande impressão na moça. Felizmente, digo eu. Pois uma vez que os pais, para evitar o pagamento de pensão alimentícia e coisas desse tipo e um escândalo que os atingisse pessoalmente (devo acentuar que não conheço nem a lei daquele lugar nem as demais circunstâncias em que vivem os pais, conheço deles apenas duas cartas com pedidos de auxílio de épocas anteriores, que eu na verdade deixei sem resposta mas arquivei, e que além do mais representam uma ligação única e unilateral por carta durante todo esse tempo com eles), uma vez pois que, para evitar o pagamento de pensão alimentícia e o escândalo, os pais despacharam para a América seu filho, meu querido sobrinho, com uma provisão irresponsavelmente escassa, como se vê — este jovem (quando se abstraem os signos e os milagres que ainda se mantêm vivos justamente na América) teria certamente se arruinado logo numa ruela do porto de Nova York, se aquela criada, numa carta dirigida a mim e que após longos desvios chegou anteontem às minhas mãos, não tivesse me comunicado toda a história, mais a descrição pessoal do meu sobrinho e, muito ajuizadamente, também o nome do navio. Se eu estivesse interessado em entretê-los, meus senhores, poderia ler aqui alguns trechos dessa carta — tirou do bolso duas enormes folhas de papel densamente escritas e agitou-as no ar. — Sem dúvida ela faria efeito, já que está escrita com uma esperteza um tanto simples, embora sempre bem-intencionada, e com muito amor pelo pai do seu filho. Mas não quero nem entretê-los mais do que exige a explicação, nem talvez ferir, no momento de sua acolhida, sentimentos que possivelmente ainda existam no meu sobrinho, que pode ler a carta para se informar, se quiser, no silêncio do quarto que já o espera.

Mas Karl não sentia nada por aquela moça. No amontoado de recordações de um passado cada vez mais repelido, ela estava sentada na cozinha, ao lado do aparador sobre cujo tampo apoiava os cotovelos. Olhava para ele assim que volta e meia entrava na cozinha para pegar um copo d'água para seu pai ou realizar alguma tarefa ordenada pela mãe. Às vezes, na posição incômoda ao lado do aparador, escrevia uma carta e buscava inspiração no rosto de Karl. Às vezes tapava os olhos com as mãos e aí nada do que lhe falavam chegava até ela. Às vezes ajoelhava-se no seu estreito quartinho ao lado da cozinha e rezava diante de uma cruz de madeira; ao passar por ali nessas ocasiões Karl a observava recatadamente pela fresta da porta entreaberta. Às vezes ela dava voltas correndo pela cozinha e recuava como uma bruxa, rindo, se Karl cruzava o seu caminho. Às vezes, logo que Karl entrava, ela fechava a porta da cozinha e ficava segurando a maçaneta até que ele exigisse passagem para sair. Às vezes ela pegava coisas que ele absolutamente não queria e as punha em silêncio nas suas mãos. Mas uma vez ela disse: "Karl!" e, entre suspiros e caretas, levou-o, ainda atônito com o tratamento, ao quartinho, que trancou à chave. Lançou os braços em torno do pescoço dele, quase enforcando-o, e enquanto lhe pedia que a despisse, ela na realidade o despiu e o colocou em sua cama, como se não quisesse, a partir de então, deixá-lo para mais ninguém, acariciá-lo e cuidar dele até o fim do mundo.

— Karl, oh, meu Karl — exclamava como se, ao vê-lo, sua posse se confirmasse, ao passo que ele não via a mínima coisa e se sentisse desconfortável no meio de muita roupa quente de cama, que ela parecia ter amontoado expressamente para ele.

Depois ela também se deitou, querendo saber dele alguns segredos, mas ele não foi capaz de lhe dizer nenhum e ela ficou zangada, de brincadeira ou a sério, sacudiu-o, escutou o seu coração, ofereceu-lhe o peito para que ele fizesse o mesmo, o que porém não conseguiu de Karl, apertou o ventre nu no corpo dele, passou a mão entre as suas pernas de um modo tão repulsivo que Karl agitou a cabeça e o pescoço para fora dos travesseiros, em seguida bateu algumas vezes a barriga contra ele; parecia que ela era uma parte dele mesmo e talvez por esse motivo ele foi assaltado por terrível carência. Depois de muitos votos para revê-lo, por parte dela, ele finalmente chegou chorando à própria cama.

Era tudo o que havia acontecido e no entanto o tio conseguia fazer disso uma grande história. E a criada ainda tinha pensado nele e informado o tio sobre sua chegada. Foi um gesto bonito dela e um dia ele a recompensaria por isso.

— E agora — bradou o senador — quero ouvir de você, abertamente, se sou ou não sou o seu tio.

— você é meu tio — disse Karl, beijando-lhe a mão e recebendo em troca um beijo na testa. — Estou muito contente por tê-lo encontrado, mas engana-se quando julga que meus pais só falam mal de você. Mas mesmo pondo isso de lado, seu discurso conteve alguns erros, isto é, creio que na realidade nem tudo se passou como disse. Você de fato não pode, a partir deste lugar, avaliar tão bem as coisas, e além disso eu acho que não haverá nenhum prejuízo se os senhores tiverem sido informados um tanto incorretamente sobre os detalhes de um assunto que realmente não lhes diz muito respeito.

— Muito bem dito — disse o senador, levou Karl à frente do capitão e perguntou: — Não tenho um esplêndido sobrinho?

— Estou feliz, senador — disse o capitão com uma reverência que só as pessoas que tiveram instrução militar podem fazer —, estou feliz por ter conhecido seu sobrinho. É uma honra especial para o meu navio o fato de ter sido o local deste encontro. Mas sem dúvida a viagem na coberta foi muito dura — na verdade, quem pode saber quem é transportado ali? Certa vez, por exemplo, até o primogênito do mais alto magnata húngaro, cujo nome e motivo de viagem me escapam, viajou em nossa coberta. Só fiquei sabendo muito mais tarde. Vamos fazer todo o possível para aliviar ao máximo a viagem das pessoas na coberta, muito mais, por exemplo, do que nas linhas americanas, mas de qualquer modo ainda não conseguimos tornar um prazer uma viagem dessas.

— Não me causou danos — disse Karl.

— Não lhe causou danos! — repetiu em voz alta, rindo, o senador.

— Só temo ter perdido minha mala.

E com isso lembrou-se de tudo o que havia acontecido e ainda restava por fazer, olhou em torno e avistou todos os presentes, mudos de atenção e espanto, nos seus antigos lugares, os olhos pregados nele. Só nos funcionários do porto — na medida em que seus rostos severos e autossuficientes permitiam percebê-lo — notava-se pesar por terem chegado numa hora tão inoportuna; os relógios de bolso, que tinham agora deixado na mesa, à sua frente, provavelmente eram mais importantes para eles do que tudo o que acontecia e talvez ainda pudesse acontecer no recinto.

O primeiro que depois do capitão expressou sua simpatia foi, curiosamente, o foguista.

— Dou-lhe de coração meus parabéns — disse ele e sacudiu a mão de Karl, com o que também queria manifestar algo como reconhecimento.

Quando em seguida quis voltar-se para o senador, com as mesmas palavras, este recusou, como se com isso o foguista ultrapassasse os seus direitos; o foguista desistiu imediatamente.

Mas os demais agora se davam conta do que devia ser feito e logo armaram uma algazarra em volta de Karl e do senador. Foi assim que Karl recebeu congratulações até de Schubal, aceitou-as e agradeceu. Por último, quando a calma se restabeleceu, os funcionários do porto se aproximaram e disseram duas palavras em inglês, o que causou uma impressão ridícula.

A fim de saborear o prazer a fundo, o senador mostrou-se de boa veia, recordando para si mesmo e para os outros lances menos relevantes, o que naturalmente não só foi tolerado como aceito com interesse por todos. Chamou assim a atenção para o fato de ter registrado no seu livro de notas os sinais particulares mais salientes de Karl, mencionados na carta da empregada, para se necessário usá-los num determinado momento. Ora, durante o insuportável palavrório do foguista, ele, para se distrair, puxou o livro de notas e como passatempo procurou cotejar a aparência de Karl, com as observações da empregada, que obviamente não eram de uma precisão detetivesca.

— E dessa maneira encontra-se o seu sobrinho — concluiu num tom de quem quer receber mais uma vez congratulações.

— O que vai acontecer agora com o foguista? — perguntou Karl à margem do último relato do tio.

Julgava, na nova situação, poder expressar tudo o que pensava.

— O foguista terá o que merece — disse o senador — e o que o senhor capitão achar conveniente. Creio que estamos mais que fartos do foguista e qualquer dos senhores aqui presentes certamente concorda comigo.

— Não é isso que interessa numa questão de justiça — disse Karl.

Ele estava entre o tio e o capitão e talvez influenciado por essa posição acreditava ter a decisão já assegurada.

E no entanto o foguista parecia não esperar mais nada. Conservava as mãos enfiadas pela metade sob o cinto da calça, que em virtude dos seus movimentos excitados havia deixado aparecer pedaços de camisa estampada. Isso não lhe causava a mínima preocupação, ele tinha exposto todas as queixas do seu coração, agora podiam ver também os poucos trapos que trazia no corpo e depois arrastá-lo para fora. Imaginava que o servidor e Schubal — os dois de nível mais baixo aqui — deviam prestar-lhe este último obséquio. Schubal teria então sossego e não chegaria mais ao desespero, conforme se expressara o caixa-mor. O capitão poderia empregar um monte de romenos, por toda parte se falaria romeno e talvez então tudo corresse de fato melhor. Nenhum foguista mais ficaria tagarelando na caixa principal, apenas o seu último palavrório seria mantido com alguma simpatia na memória, uma vez que, como havia expressamente declarado o senador, tinha sido ele a causa indireta da identificação do sobrinho. Aliás esse sobrinho tentara várias vezes antes ser-lhe útil e por isso havia apresentado seus agradecimentos com grande antecipação e de uma maneira mais que suficiente pelo serviço prestado àquele reconhecimento; não ocorria de modo algum ao foguista exigir agora mais alguma coisa dele. De resto, por mais que fosse sobrinho do senador, ele ainda não era um capitão e da boca do capitão é que viria finalmente o duro veredicto. Coerente com essa sua opinião, o foguista também não tentava olhar para Karl, mas infelizmente não havia, neste compartimento de inimigos, outro lugar de repouso para os seus olhos.

— Não confunda os fatos — disse o senador a Karl —, talvez se trate de uma questão de justiça, mas é ao mesmo tempo uma questão de disciplina. Ambas, especialmente a última, estão sujeitas ao julgamento do senhor capitão.

— É isso mesmo — murmurou o foguista e quem observou e compreendeu sorriu surpreso.

— Além disso — continuou o senador —, já atrapalhamos tanto o senhor capitão no desempenho de suas funções — que sem dúvida se acumulam de maneira incrível justamente na chegada em Nova York — que é da maior urgência que deixemos o navio, a fim de que, de mais a mais, por alguma intromissão extremamente desnecessária, não transformemos essa rixa insignificante entre dois maquinistas num acontecimento. Entendo perfeitamente o seu procedimento, caro sobrinho, mas é justamente isso que me dá o direito de levá-lo embora daqui correndo.

— Vou mandar baixar imediatamente um barco para o senhor — disse o capitão.

Para espanto de Karl ele não opôs a mínima objeção às palavras do tio, que indubitavelmente podiam ser vistas como uma autodepreciação deste. O caixa-mor precipitou-se sobre a escrivaninha e transmitiu por telefone a ordem do capitão ao contramestre.

"O tempo urge", disse Karl consigo mesmo, "mas não posso fazer nada sem ofender a todos. Não posso deixar o tio agora que ele mal me encontrou. O capitão na verdade é cortês, mas isso é tudo. Sua cortesia cessa diante da disciplina e o tio seguramente expressou o que lhe vai na alma. Com Schubal não quero conversar, lamento até ter lhe estendido a mão. E todas as outras pessoas aqui são sem importância."

Com esses pensamentos caminhou até o foguista, retirou-lhe a mão direita do cinto e, brincando com ela, reteve-a na sua.

— Por que não diz nada? — perguntou. — Por que engole tudo?

O foguista só enrugou a testa, como se buscasse a expressão para o que tinha a dizer. Fora isso baixou os olhos para a sua mão e a de Karl.

— Fizeram-lhe uma injustiça como a ninguém mais no navio, sei perfeitamente disso.

E Karl passou os dedos por entre os dedos do foguista, que olhou em volta com os olhos brilhantes; era como se experimentasse um deleite que ninguém podia lhe reprovar.

— Mas você deve se defender, dizer sim ou não, caso contrário as pessoas não vão ter a mínima ideia da verdade. Você precisa me prometer que vai me obedecer, porque eu mesmo (tenho muitos motivos para temer isso) não poderei mais ajudá-lo.

E aí Karl chorou enquanto beijava a mão do foguista, gretada e quase sem vida, apertando-a nas faces como um tesouro ao qual se tem de renunciar. Mas o tio senador também já estava ao seu lado e o puxava, embora com a mais leve das pressões.

— O foguista parece tê-lo enfeitiçado — disse ele, lançando um olhar compreensivo ao capitão, por cima da cabeça de Karl. — Você se sentiu abandonado, encontrou então o foguista e agora lhe é grato, isso é muito louvável. Mas, por consideração a mim, não leve as coisas longe demais e aprenda a conhecer sua posição.

Diante da porta levantou-se um rumor, ouviam-se gritos e parecia até que alguém era brutalmente atirado contra a porta. Entrou um marinheiro, o ar um tanto selvagem, com um avental de cozinha atado ao corpo.

— Tem muita gente lá fora — bradou ele, arremessando em volta os cotovelos como se ainda estivesse no meio da multidão.

Afinal controlou-se e quis bater continência diante do capitão; nesse momento reparou no avental, arranhou-o, atirou-o no chão e exclamou:

— Que coisa nojenta, puseram-me um avental de empregada.

Mas depois bateu os calcanhares e fez a saudação. Alguém tentou rir, mas o capitão disse com severidade:

— Isso sim é o que eu chamo de bom humor. Quem está lá fora?

— São minhas testemunhas — disse Schubal, adiantando-se. — Peço humildemente perdão por seu comportamento inadequado. Quando os homens terminam a viagem, parecem todos loucos.

— Mande-os entrar imediatamente! — ordenou o capitão e logo voltando-se ao senador disse amável mas rápido: — Tenha a bondade agora, senador, de acompanhar com o seu sobrinho este marinheiro, que os levará ao barco. Nem precisava dizer o prazer e a honra que me deu o fato de conhecê-lo pessoalmente, senhor senador. Desejo ter em breve a oportunidade de retomar com o senhor nossa conversa interrompida sobre a situação da frota americana e depois, talvez, ser novamente interrompido de uma maneira tão agradável como hoje.

— Por enquanto este sobrinho me basta — disse rindo o tio. — Aceite meu melhor agradecimento por sua gentileza e passe bem. Aliás, não seria tão impossível que nós — estreitou afetuosamente Karl — em nossa próxima viagem à Europa pudéssemos nos encontrar por mais tempo.

— Isso me alegraria muito — disse o capitão.

Os dois senhores apertaram-se as mãos, Karl ainda pôde estender, mudo e às pressas, a mão ao capitão, pois este já tinha sido solicitado pelas quinze pessoas mais ou menos que, sob a chefia de Schubal, entravam no escritório um tanto embaraçadas, mas ainda assim fazendo muito ruído. O marinheiro pediu ao senador permissão para ir à frente e depois abriu caminho na multidão para ele e para Karl, os quais passaram facilmente entre as pessoas que se inclinavam. Parecia que esses homens, por sinal benevolentes, consideravam a pendência entre Schubal e o foguista uma pilhéria, cujo caráter ridículo não deixava de existir nem perante o capitão. Karl percebeu entre eles Line, a moça da cozinha, que lhe acenava brincalhonamente, vestindo o avental atirado ao chão pelo marinheiro, pois o avental era dela.

Sempre seguindo o marinheiro eles deixaram o escritório e entraram num pequeno corredor, que uns passos depois os levou a uma portinhola, da qual uma curta escada descia ao barco preparado para eles. Os marinheiros do barco — para onde, num único impulso, seu chefe saltou — ergueram-se e bateram continência. No momento em que o senador advertia Karl para descer com cuidado, este rompeu num choro violento quando ainda estava no degrau mais alto. O senador pôs a mão direita sob o queixo de Karl, manteve-o apertado firmemente contra si e o acariciou com a mão esquerda. Desceram assim, devagar, degrau por degrau, e entraram estreitamente unidos no barco onde o senador procurou um bom lugar para Karl, bem à sua frente. A um sinal do senador, os marinheiros soltaram o barco do navio e logo começaram a remar à toda. Estavam a poucos metros de distância do navio quando Karl fez a inesperada descoberta de que se encontravam exatamente do lado do navio para o qual davam todas as janelas da caixa principal. As três estavam ocupadas por testemunhas de Schubal, que amigavelmente saudavam e acenavam; até o tio agradeceu e um marinheiro fez a façanha de mandar para cima um beijo com a mão sem parar de remar regularmente. Era como se de fato não existisse mais nenhum foguista. Karl olhou firme nos olhos do tio, cujos joelhos quase esbarravam nos seus, e vieram-lhe dúvidas de que esse homem pudesse jamais substituir o foguista. O tio também desviou o olhar e fitou as ondas que faziam o barco balançar.

POSFÁCIO

UM PRIMEIRO LIVRO LÍRICO E UMA NOVELA IMPECÁVEL

Modesto Carone

Em junho de 1912 Kafka pediu uma licença de saúde à companhia semiestatal de seguros contra acidentes do trabalho, com sede em Praga e da qual era advogado, alegando perturbações digestivas, perda de peso e fadiga nervosa. A licença foi concedida e ele fez uma viagem a Weimar, santuário de Goethe, em companhia de Max Brod. Ao passarem por Leipzig, os dois visitaram a editora Rowohlt, dirigida por Ernst Rowohlt e Kurt Wolff, com a qual Brod mantinha boas ligações. Foi durante essa visita que, quase por acaso, planejou-se a edição de *Contemplação* (*Betrachtung*).* Na época Rowohlt procurava descobrir autores jovens, pois pretendia firmar-se como editor de literatura alemã contemporânea, tarefa realizada com êxito histórico pelo seu sócio Wolff, o principal divulgador dos escritores expressionistas. Recomendado por Brod e instado pelos editores, Kafka, de volta a Praga, começou a compor o volume com muita hesitação. Alguns textos

(*) A escolha do termo contemplação (que deriva de *templo*) para traduzir *Betrachtung*, e não "meditação", por exemplo, leva em conta o fato de que, para Kafka, a atenção dada ao objeto é uma forma leiga de oração.

cogitados por ele tinham sido escritos fazia um bom tempo (desde 1903) e o autor mostrava-se cético e crítico a respeito dessa produção. "Quanta autoconsciência nociva de ridículo aparece durante a leitura de coisas antigas com vistas à publicação de um livro", é o que afirma nessa época. Mas na noite de 13 de agosto ele organiza, junto com o amigo, a sequência das narrativas, e no dia seguinte remete os manuscritos à editora de Leipzig. A carta ao editor é cautelosa:

"Senhor Rowohlt: apresento-lhe a prosa miúda [*kleine Prosa*] que o senhor deseja ver — com certeza ela dá um pequeno livro". Mas alguns dias depois é assaltado por dúvidas, pois anota nos *Diários* que, se Rowohlt mandasse os manuscritos de volta, ele trancaria tudo outra vez na gaveta para ficar "tão infeliz como antes". Contrariamente a essa expectativa, porém, a editora alemã comunica, em inícios de setembro, a decisão de lançar *Contemplação,* escolhendo tipos especiais, de formato grande, para o livro não ficar fino demais — a pedido do próprio escritor, homem magro por excelência. As primeiras provas chegam a Praga na primeira semana de outubro e Kafka acha "maravilhosa" a solução gráfica. No fim do mês o volume inteiro está impresso, e as provas cuidadosamente revistas são devolvidas a Leipzig no começo de novembro. Em 12 de dezembro de 1912 o autor tcheco recebe, saído do forno, o primeiro exemplar do seu primeiro livro — com a data de 1913 —, contendo dezoito textos, dos quais metade era inédita e a outra metade já publicada (em parte com títulos diferentes) em revistas e suplementos literários.

No pequeno círculo de amigos e pessoas próximas a publicação foi bem acolhida — com a exceção notável da noiva Felice Bauer — e o livro recenseado com seriedade. Tem interesse lembrar que, numa dessas resenhas, Robert Musil descreveu as peças de *Contemplação* como "bolhas de sabão" e que o próprio Kafka teve uma percepção estética do conjunto ao dizer que "existe aí realmente uma desordem sem salvação, ou antes: são lampejos claros sobre uma confusão interminável e é preciso aproximar-se muito para ver alguma coisa". A frase é lapidar, mas de algum modo negligencia a poesia dos textos, evidente por toda parte.

Não custa recordar também que já em 1934 Walter Benjamim afirmava que na ficção kafkiana "as deformações são precisas". Mas no caso de *Contemplação* a impressão que se pode ter é de estar diante de um *pré-Kafka* — embora temas permanentes como o isolamento do sujeito (que leva ao exílio analítico), a consciência ameaçada de dissolução (aqui visível na reincidência do *man*/se, que se substitui ao *ich*/eu) e a busca de equilíbrio através da naturalização do insólito, entre vários outros, já estejam presentes. Acontece no entanto que neste livro a língua kafkiana é outra e isso muda tudo.

Em termos históricos-literários, o alemão de Praga, na juventude de Kafka, já era um idioma calcificado tanto no plano oral como na escrita, pois na verdade ele se restringia a uma única camada social, a dos funcionários da administração. Fazia muito tempo que não ocorria uma renovação, fosse a partir de fora — da sede do Império —, fosse por intermédio da população do campo e da cidade, que na Boêmia se servia normalmente da língua tcheca — e nesse aspecto decisivo para um escritor a mobilidade social da época não favorecia nenhuma mudança. O alemão praticado em Praga permanecia, pois, enclausurado nas *placas* do protocolo e na estreiteza do léxico. Conscientes disso os literatos da geração de Kafka foram obrigados a buscar uma saída. Conforme depois se constatou, o esforço empreendido levou poetas e prosadores — Werfel, o primeiro Rilke, Brod etc. — a uma originalidade forçada, lastreada na pesquisa de material linguístico em desuso, que uma vez articulado desandou numa façanha literária artificial. Essa atitude *complexada* em relação ao próprio veículo de expressão resultava, no fundo, de condições sociais e psicológicas específicas, como a perda crescente do "sentido da realidade", o desinteresse por problemas substantivos e o pressentimento generalizado da desagregação que estava por vir e se confirmou na guerra de 1914-18. Foi dessa trama, segundo os estudiosos, que evoluiu uma ficção de "perfil irreal" — refinada até a decadência, psicologizante e de um erotismo convulsivo, tendendo à manipulação romântica do passado e a um híbrido de retórica e "café literário", onde o *Schwulst* encobre a pobreza da base. Naturalmente tratava-se de uma válvula de escape para a existência opressiva em Praga — a "mãezinha com garras", como Kafka um dia a descreveu — num período em que fazer literatura em língua alemã, naquele país, parecia mais um *fenômeno social* do que qualquer outra coisa.

De qualquer modo, Kafka rejeitou a maioria dos autores da escola literária de Praga, mas pagou algum tributo a ela com *Contemplação* e outros escritos anteriores a 1912. Só a partir desse ano é que estabelece uma relação radicalmente nova com o alemão do seu país, assumindo — ao lado da lição realista de Flaubert e de um interesse real pelas manifestações da cultura tcheca — o laconismo do *estilo de repartição*. Assim, se no "círculo de Praga" o epíteto ornamental era um dos traços mais salientes, Kafka vai pelo caminho inverso e privilegia uma descrição sem comentários de situações e objetos, fazendo emergir o narrador kafkiano *inscien*te das suas melhores narrativas. Noutras palavras — e resumindo muito —, o acúmulo de imagens extravagantes, típico daqueles escritores, impunha estreitos limites à fantasia dos seus leitores; ao substituir o artifício verbal pelo *protocolo seco*, Kafka constrói a base sobre a qual essa fantasia pode se desenvolver com mais liberdade. Certamente este é um dos muitos paradoxos que o transformaram num escritor universal ainda recente.

Voltando a *Contemplação*, a obra reúne narrativas que parecem soltas, mas o fato é que a maioria delas, senão todas, estão amarradas a um grupo de referência, seja ele a *sequência temporal* (em "Crianças na rua principal", "Desmascaramento de um trapaceiro" e "O passeio repentino", a história vai pela noite adentro e o protagonista transita entre o ambiente familiar e o ambiente estranho), a *solidão* (dominante em "Excursão às montanhas", "A infelicidade do celibatário" e "O comerciante"), a *relação do indivíduo com a comunidade sob a forma do contato entre homem e mulher* ("O passageiro", "Roupas" e "A recusa") ou o *motivo recorrente do cavalo* (presente em "Para a meditação de grão-cavaleiros", "A janela da rua" e "Desejo de se tornar índio"). É pertinente anotar, por outro lado, que o livro abre e fecha com as duas narrativas mais longas — "Crianças na rua principal" e "Ser infeliz"; entre estas duas últimas, entretanto, o autor estabelece uma relação de contraste, pelo impulso lírico dado à primeira e pela atmosfera de pesadelo que impregna a segunda. Seja como for, parece ser típico para a ordenação das peças o princípio linear. Ou seja: por meio de elos maiores ou menores, que vão dos motivos às palavras, as dezoito peças traçam menos uma arquitetura do que um *caminho,* que o leitor pode esmiuçar se quiser.

O foguista (*Der Heizer*) é o primeiro capítulo do romance *O desaparecido* (*Der Verschollene*), publicado postumamente pela editora Kurt Wolff no ano de 1927. A iniciativa partiu de Max Brod, que deu à obra o título ainda hoje famoso de *América*; o título atual do romance, que respeita as intenções do autor, vem da edição crítica alemã de 1983, realizada com base nos manuscritos kafkianos conservados desde 1961 na Bodleian Library de Oxford.

Kafka começou a redigir as 56 páginas de *O foguista* à mão em setembro de 1912, ano-chave da sua produção madura, no qual também foram concebidos e terminados *O veredicto* e *A metamorfose*. É sabido que o escritor pretendia reunir as três narrativas num "livro de novelas" (a expressão é sua) intitulado *Filhos,* mas desistiu do plano e elas acabaram sendo editadas em separado por Wolff, em Leipzig, nos anos de 1913, 1915 e 1916. O trio é descrito pelos especialistas como *Durchbruch,* ou seja, o momento em que Kafka, rompendo com a experiência estilística anterior — da qual a prosa menor de *Contemplação* é um bom exemplo —, consolida, aos 29 anos de idade, o seu modo peculiar de imaginar e compor ficção.

No limite deste posfácio, vale apontar um dos motivos que podem ter levado o autor tcheco a desmembrar *O foguista*, do resto do romance *O desaparecido* e publicá-lo sozinho. Este capítulo de abertura narra apenas os percalços iniciais do herói Karl Rossmann no seu êxodo americano: a sedução pela empregada que deu à luz um filho dele, a decisão dos pais de deportá-lo para a América, a informação enviada pela sedutora ao tio senador de Karl, a busca do sobrinho empreendida por este e a acolhida final do protagonista no porto de Nova York (onde a Estátua da Liberdade, por razões talvez premonitórias, aparece com uma espada na mão, em vez da tocha). Uma vez que o capítulo deixa em aberto a trajetória futura do personagem, a narrativa exige continuação, e nesse sentido *O foguista* é um fragmento, como o próprio Kafka deixa claro no subtítulo do texto. Mas vista de perto a peça é fechada em si mesma, pois nela se focaliza acima de tudo o encontro do herói com o foguista, cuja figura vem realçada no título. Essa deliberação faz com que os demais fios da narrativa recuem e concedam a esse acontecimento uma duração especial, que atende à estrutura dramática da novela, tal como ela era praticada desde Goethe na ficção alemã. Evidentemente o que é narrado acena para o realismo de Dickens, um dos autores do jovem Kafka, e retoma (com alguns lances que hoje nos parecem chaplinianos) as peripécias do jovem inocente num mundo mau. Mas é o encontro com o foguista que revela ao leitor o caráter de Karl — sem dizer que este incidente, agora tão relevante, não gera consequências essenciais na evolução posterior do romance americano de Kafka. Noutros termos, o episódio se afirma num contexto particular e se sustenta numa lógica interna que lhe é própria.

Quanto à publicação da novela, Kurt Wolff, assim que soube, por intermédio de Brod, da existência de *O desaparecido,* enviou uma carta ao escritor em abril de 1913 pedindo-lhe "com urgência" que submetesse o primeiro capítulo à editora. Kafka concordou imediatamente — o que não era seu hábito nessas ocasiões — e disse que iria mandá-lo logo, pois *O foguista* estava pronto fazia tempo. Ressalvou não saber se o capítulo poderia ser publicado de forma autônoma, mas esclareceu que na sua opinião ele estava completo o suficiente. Vale lembrar que numa carta a Felice Bauer datada de 8 de março de 1913, o noivo recalcitrante, ao informá-la sobre *O desaparecido,* tinha afirmado que "no conjunto, só o primeiro capítulo deriva de uma verdade interior".

De volta a Wolff, o editor alemão considerou o texto "belo e bem-acabado" e decidiu compô-lo imediatamente. No dia 24 de abril de 1913 Kafka recebeu as primeiras provas e *O foguista* foi lançado em maio de 1913, na primeira série de "O juízo final", marco importante na história do expressionismo literário. A exemplo de *O veredicto* e *A metamorfose,* a novela teve sucesso na carreira de um escritor que se escondia do público: em 1916 saiu a segunda edição e em 1917 a terceira. Nesse contexto não é demais registrar que, na época, Rainer Maria Rilke considerou *O foguista* superior até mesmo à *Metamorfose.*

Foram dois os originais usados neste trabalho: as *Narrativas completas* (*Sämtliche Erzählungen*), organizadas por Paul Raabe e publicadas, em sucessivas edições, a partir de 1970, pela editora S. Fischer, de Frankfurt a.M., onde figura o texto integral de *Contemplação*; e a edição crítica (*kritische Ausgabe*) do romance *O desaparecido*, lançada em 1983, sob a responsabilidade de Jost Schillemeit, também pela Fischer, na qual *O foguista* foi submetido a um cotejo rigoroso com os manuscritos, disso resultando correções e acréscimos inexistentes em qualquer outra edição alemã da novela.

As obras de referência mais úteis à tradução e ao posfácio foram *Kafka-Handbuch*, de Hartmut Binder, Kröner, Stuttgart, 1979, 2 vols., *Kafka-Kommentar*, Winkler, Munique, 2. ed., 2 vols., do mesmo autor, e o álbum *Kafka und Prag*, Belser, Stuttgart, 1971, com texto de Johann Bauer, fotos de Isidor Pollak e composição de Jaroslav Schneider.

SOBRE O AUTOR

Franz Kafka nasceu em 3 de julho de 1883 na cidade de Praga, Boêmia (hoje República Tcheca), então pertencente ao Império Austro-Húngaro. Era o filho mais velho de Hermann Kafka, comerciante judeu, e de sua esposa Julie, nascida Löwy. Fez os seus estudos naquela capital, primeiro no ginásio alemão, mais tarde na velha Universidade, onde se formou em direito em 1906. Trabalhou como advogado, a princípio na companhia particular Assicurazioni Generali e depois no semiestatal Instituto de Seguros contra Acidentes do Trabalho. Duas vezes noivo da mesma mulher, Felice Bauer, não se casou — nem com ela, nem com outras mulheres que marcaram a sua vida, como Milena Jesenská, Julie Wohryzek e Dora Diamant. Em 1917, aos 34 anos de idade, sofreu a primeira hemoptise de uma tuberculose que iria matá-lo sete anos mais tarde. Alternando temporadas em sanatórios com o trabalho burocrático, nunca deixou de escrever ("Tudo o que não é literatura me aborrece"), embora tenha publicado pouco e, já no fim da vida, pedido ao amigo Max Brod que queimasse os seus escritos — no que evidentemente não foi atendido. Viveu praticamente a vida inteira em Praga, exceção feita ao período final (novembro de 1923 a março de 1924), passado em Berlim, onde ficou longe da presença esmagadora do pai, que não reconhecia a legitimidade da sua carreira de escritor. A maior parte de sua obra — contos, novelas, romances, cartas e diários, todos escritos em alemão — foi publicada postumamente. Falecido no sanatório de Kierling, perto de Viena, Áustria, no dia 3 de junho de 1924, um mês antes de completar 41 anos de idade, Franz Kafka está enterrado no cemitério judaico de Praga. Quase desconhecido em vida, o autor de *O processo, O castelo, A metamorfose* e outras obras-primas da prosa universal é considerado hoje — ao lado de Proust e Joyce — um dos maiores escritores do século.

M. C.

SOBRE O TRADUTOR

Modesto Carone nasceu em 1937 na cidade de Sorocaba, interior paulista. Escritor e ensaísta, lecionou literatura nas universidades de Viena, São Paulo e Campinas. Publicou ensaios, contos — reunidos em *Por trás dos vidros* — e a novela *Resumo de Ana*. Suas traduções de Kafka, a partir do original alemão, foram iniciadas em 1983. Incluem: *Um artista da fome/ A construção*, *A metamorfose*, *O veredicto/ Na colônia penal*, *Carta ao pai*, *O processo* (Prêmio Jabuti de Tradução de 1989), *Um médico rural*, *Contemplação/ O foguista*, *O castelo* e *Narrativas do espólio*, todos pela Companhia das Letras. Recebeu o prêmio APCA 2009 de melhor livro de ensaio/crítica por *Lição de Kafka*. Faleceu em 2019.

1ª EDIÇÃO [1999] 4 reimpressões

ESTA OBRA FOI COMPOSTA PELA VERBA EDITORIAL EM GARAMOND BOOK
E IMPRESSA PELA GRÁFICA PAYM EM OFSETE SOBRE PAPEL PÓLEN BOLD DA
SUZANO S.A. PARA A EDITORA SCHWARCZ EM OUTUBRO DE 2021

A marca FSC® é a garantia de que a madeira utilizada na fabricação do papel deste livro provém de florestas que foram gerenciadas de maneira ambientalmente correta, socialmente justa e economicamente viável, além de outras fontes de origem controlada.